천년의 우리소설

8

천년의
우리
소설

# 이상한 나라의 꿈

**千년의 우리소설 8**

## 이상한 나라의 꿈

박희병·정길수 편역

2013년 9월 30일 초판 1쇄 발행

펴낸이 한철희 | 펴낸곳 돌베개 | 등록 2003년 12월 9일 제406-2003-000018호
주소 (413-756) 경기도 파주시 회동길 77-20 (문발동)
전화 (031) 955-5020 | 팩스 (031) 955-5050
홈페이지 www.dolbegae.com | 전자우편 book@dolbegae.co.kr

편집 이경아·최혜리·이혜승
표지디자인 민진기디자인 | 본문디자인 이은정
제작·관리 윤국중·이수민 | 마케팅 심찬식·고운성
인쇄 한영문화사 | 제본 경인제책사

ⓒ 박희병·정길수, 2013
ISBN 978-89-7199-569-3 04810
ISBN 978-89-7199-282-1 (세트)

이 도서의 국립중앙도서관 출판시도서목록(CIP)은 e-CIP 홈페이지
(http://www.nl.go.kr/cip.php)에서 이용하실 수 있습니다.(CIP제어번호: CIP2013018189)

책값은 뒤표지에 있습니다.

천년의 우리소설

● 달천몽유록 ● 강도몽유록

● 남염부주지 ● 수성지 ● 원생몽유록

천년의 우리소설 **8**

# 이상한 나라의 꿈

박희병 · 정길수 편역

돌베개

이 총서는 위로는 신라 말기인 9세기경의 소설을, 아래로는 조선 말기인 19세기 말의 소설을 수록하고 있다. 즉, 이 총서가 포괄하고 있는 시간은 무려 천 년에 이른다. 이 총서의 제목을 '千년의 우리소설'이라 한 이유가 여기에 있다.

근대 이전에 창작된 우리나라 소설은 한글로 쓰인 것이 있는가 하면 한문으로 쓰인 것도 있다. 중요한 것은 한글로 쓰였는가 한문으로 쓰였는가 하는 점이 아니다. 오늘날의 관점에서 볼 때 그런 것은 그다지 중요하지 않다. 정말 중요한 것은 문예적으로 얼마나 탁월한가, 사상적으로 얼마나 깊이가 있는가, 그리하여 오늘날의 독자가 시대를 뛰어넘어 얼마나 진한 감동을 받을 수 있는가 하는 점일 터이다. 이 총서는 이런 점에 특히 유의하여 기획되었다.

외국의 빼어난 소설이나 한국의 흥미로운 근현대소설을 이미 접한 오늘날의 독자가 한국 고전소설에서 감동을 받기란 쉬운 일이 아니다. 우리 것이니 무조건 읽어야 한다는 애국주의적 논리는 이제 더 이상 통하지 않는다. 과연 오늘날의 독자가 『유충렬전』이나 『조웅전』 같은 작품을 읽고 무슨 감동을 받을 것인가. 어린 학생이든 혹은 성인이든, 이런 작품을 읽은 뒤 자기대로 생각에 잠기든가, 비통함을 느끼든가, 깊은 슬픔을 맛보든가, 심미적 감흥에 이르든가, 어떤 문제의식을 환기받든가, 역사나 인간에 대한 이해를 증진시키든가, 꿈과 이상을 품든가, 대체 그럴 수 있겠는가? 아마 그렇지 못할 것이다. 그럼에도 이런 종류의 작품은 대부분의 한국 고전소설 선집 속에 포함되어 있으며, 중고등학교에서도 '고전'으로 가르치고 있다. 그러니 한국 고전소설은 별 재미도 없고 별 감동도 없다는 말을 들어도 그닥 이상할 게 없다. 실로 학계든, 국어 교육이나 문학 교육의 현장이든, 지금껏 관습적으로 통용되어 온 고전소설에 대한 인식을 전면적으로 재검토해야 할 시점에 이르렀다. 이 총서는 이런 문제의식에서 출발한다.

　이 총서가 지금까지 일반인들에게 그리 알려지지 않은 작품들을 많이 수록하고 있음도 이 점과 무관치 않다. 즉, 이는 21세기의 한국인들에게 어필할 수 있는 새로운 한국 고전소설의 레퍼토리를 재구축하려는 시도인 것이다. 이 점에서 이 총서는 그렇고 그런 기존의 어떤 한국 고전소설 선집과도 다르며, 아주 새롭다. 하지만 이 총서는 맹목적으로 새로움을 위한 새로움을 추구하지는 않았으며, 비평적 견지에서 문예적 의의나 사상적·역사적 의의가 있는 작품을 엄별해 수록하였다. 그리하여 우리는 이 총서를 통해, 흔히 한국 고전소설의 병폐로 거론되어 온, 천편일률적이라든가, 상투적 구성을 보인다든가, 권선징악적 결말로 끝난다든가, 선인과 악인의 판에 박힌 이분법적 대립으로 일관한다든가, 역사적·현실적 감각이 부족하다든가, 시공간적 배경이 중국으로 설정된 탓에 현실감이 확 떨어진다든가 하는 지적으로부터 퍽 자유로운 작품들을 가능한 한 많이 독자들에게 소개하고자한다.

그러나 수록된 작품들의 면모가 새롭고 다양하다고 해서 그것으로 충분한 것은 아닐 터이다. 한국 고전소설, 특히 한문으로 쓰인 한국 고전소설은 원문을 얼마나 정확하면서도 쉽고 유려한 현대 한국어로 옮길 수 있는가의 여부에 따라 작품의 가독성은 물론이려니와 감동과 흥미가 배가될 수도 있고 반감될 수도 있다. 이 총서는 이런 점에 십분 유의하여 최대한 쉽게 번역하기 위해 많은 고심을 하였다. 하지만 쉽게 번역해야 한다는 요청이, 결코 원문을 왜곡하거나 원문의 정확성을 다소간 손상시켜도 좋음을 의미하지는 않는다. 이런 견지에서 이 총서는 쉬운 말로 번역해야 한다는 하나의 대전제와 정확히 번역해야 한다는 또 다른 대전제—이 두 전제는 종종 상충할 수도 있지만—를 통일시키기 위해 많은 노력을 기울였다.

한국 고전소설에는 이본異本이 많으며, 같은 작품이라 할지라도 이본에 따라 작품의 뉘앙스와 풍부함이 달라지는 경우가 비일비재하다. 그뿐 아니라 개개의 이본들은 자체 내에 다소의 오류를 포함하고 있다. 따라서 하나하나의 작품마다 주요한 이본들을 찾아 꼼꼼히 서로 대비해 가며 시시비비를 가려 하나의 올바른 텍스트, 즉 정본定本을 만들어 내는 일이 대단히 긴요하다. 이 작업은 매우 힘들고, 많은 공력功力을 요구하며, 시간도 엄청나게 소요된다. 이런 이유 때문이겠지만, 지금까지 고전소설을 번역하거나 현대 한국어로 바꾸는 일은 거의 대부분 이 정본을 만드는 작업을 생략한 채 이루어져 왔다. 하지만 정본 없이 이루어진 이 결과물들은 신뢰하기 어렵다. 정본이 있어야 제대로 된 한글 번역이 가능하고, 제대로 된 한글 번역이 있고서야 오디오 북, 만화, 애니메이션, 드라마, 영화 등 다른 문화 장르에서의 제대로 된 활용도 가능해진다. 뿐만 아니라 정본에 의거한 현대 한국어 역譯이 나와야 비로소 영어나 기타 외국어로의 제대로 된 번역이 가능해진다. 이런 점에서 본다면 작금의 한국 고전소설 번역이나 현대화는 대강 특정 이본 하나를 현대어로 옮겨 놓은 수준에 머무는 것이라는 한계를 대부분 갖고 있는바, 이제 이 한계를 넘어서야 할 시점에 이르렀다. 이 총서에 실린 대부분의 작품들은 2년 전에 내가 펴낸 책인 『한국한문소설 교합구해校合句解』에서 이루어진 정본화定本化 작업을 토대로 하고 있는바, 이 점에서 기존의 한국 고전소설 번역서들과는 전적으로 그 성격을 달리한다.

나는 『한국한문소설 교합구해』의 서문에서, "가능하다면 차후 후학들과 힘을 합해 이 책을 토대로 새로운 버전version의 한문소설 국역을 시도했으면 한다. 만일 이 국역이 이루어진다면 이를 저본으로 삼아 외국어로의 번역 또한 생각해 볼 수 있을 것이다"라고 말한 바 있다. 바야흐로, 한국 고전소설을 전공한 정길수 교수와의 공동 작업으로 이 총서를 간행함으로써 이런 생각을 실현할 수 있게 되어 대단히 기쁘게 생각한다.

이제 이 총서의 작업 방식에 대해 간단히 언급해 두고자 한다. 이 총서의 초벌 번역은 정교수가 맡았으며 나는 그것을 수정하는 작업을 하였다. 정교수의 노고야 말할 나위도 없지만, 수정을 맡은 나도 공동 작업의 취지에 어긋나지 않게 최선을 다했음을 밝혀 둔다. 한편 각권의 말미에 첨부한 간단한 작품 해설은, 정교수가 작성한 초고를 내가 수정하며 보완하는 방식으로 작업하였다. 원래는 작품마다 그 끝에다 해제를 붙이려고 했는데, 너무 교과서적으로 비칠 염려가 있는 데다가 혹 독자의 상상력을 제약할지도 모르겠다는 생각이 들어 이런 방식으로 바꾸었다.

이 총서는 총 16권을 계획하고 있다. 단편이나 중편 분량의 한문소설이 다수지만, 총서의 뒷부분에는 한국 고전소설을 대표하는 몇 종류의 장편소설과 한글소설도 수록할 생각이다.

이 총서는, 비록 총서라고는 하나, 한국 고전소설을 두루 망라 하는 데 목적이 있지 않다. 그야말로 '千년의 우리소설' 가운데 21세기 한국인 독자의 흥미를 끌 만한, 그리하여 우리의 삶과 역사와 문화를 주체적으로 돌아보고 성찰하는 데 도움이 될 만한, 그럼으로써 독자들의 심미적審美的 이성理性을 충족시키고 계발하는 데 보탬이 될 만한 작품들을 가려 뽑아, 한국 고전소설에 대한 인식을 바꾸고 확충하고자 하는 것이 본 총서의 목적이다. 만일 이 총서가 이런 목적을 어느 정도 달성했다는 평가를 받게 된다면 영어 등 외국어로 번역하여 비단 한국인만이 아니라 세계 각지의 사람들에게 읽혀도 좋지 않을까 생각한다.

2007년 9월

박희병

# 차 례

# 달천몽유록

윤계선

만력 경자년[1] 2월, 파담자[2]가 궁궐에서 숙직한 지 여러 날이 되었다.[3] 새벽녘 승정원承政院에서 임금의 명을 받아 측근의 신하 다섯을 불러 봉서封書를 내렸다. 팔도를 암행하라는 명이었다.[4] 파담자도 그중 한 사람이었다. 다들 한강 가에서 함께 자며 봉서를 뜯어 봤는데, 파담자가 담당하게 된 곳은 충청도였다.

　　여러 고을을 순시하고 충주에 이르렀다. 객지를 떠돈 지 어느덧 석 달이 되었다. 따뜻한 봄바람이 불고 달천[5]은 맑게 일렁이는데, 수북이 쌓인 뼈가 허옇게 널려 있고 향기로운 풀은 푸르렀다.

---

1. **만력萬曆 경자년** 1600년(선조 33). '만력'은 명나라 신종神宗의 연호.
2. **파담자坡潭子** '파담'坡潭은 작자인 윤계선尹繼善(1577~1604)의 호. '자' 子는 높임말.
3. **궁궐에서 숙직한 지 여러 날이 되었다** 당시 윤계선은 사헌부司憲府 지평持平(정5품 관직)을 지내고 있었다.
4. **승정원承政院에서 임금의~암행하라는 명이었다** 당시 선조宣祖는 임진왜란 직후 고을 수령들의 수탈이 심하다는 소식을 듣고 윤계선 등 다섯 신하를 암행어사로 파견했다. '봉서'는 국왕이 근신近臣이나 암행어사에게 내리는 비밀 편지이다.
5. **달천達川** 충청북도 충주와 괴산에 걸쳐 있는 강.

싸움터가 된 지도 벌써 9년, 들쥐와 산의 여우는 태양을 보면 숨었고, 굶주린 까마귀와 성난 솔개는 사람을 보고 시끄럽게 울어 댔다.

파담자는 여윈 말에 권태롭게 채찍질을 하며 묵묵히 전란 당시를 회상했다. 양가良家에서 선발된 병사들이며 훈련받은 병사들이 혹은 자원하기도 하고, 혹은 석호의 아전[6]처럼 혹독한 관리에게 억지로 징발되어, 허리에는 활을 차고 등에는 화살을 지고 갑옷을 이부자리로 삼으며 적을 경계했다. 그러나 이들은 예리한 무기를 가졌으되 싸워 보지도 못한 채 장군[7]의 책략 없음에 분개하며, 속수무책으로 적을 맞아 목을 내밀고 적의 칼날을 받았다. 원망과 한을 품은 채 헛되이 죽어 그 넋이 모래가 되고, 벌레가 되고, 원숭이가 되고, 학이 된 이들[8]이 몇 천 몇 만 명인지 헤아릴 수 없다. 분한 기운이 위로 맺혀 빽빽한 구름이 어둡게 깔리고, 원통한 소리는 아래로 흘러 큰 강이 목메어 운다. 어쩌면 이리도 마음이 아프고 눈이 아려 오는지!

그리하여 파담자는 강개한 마음을 서글피 읊어 여러 형식의 시

꿒꿒꿒꿒

6. **석호石壕의 아전** '석호'는 중국 하남성河南省의 지명. '석호의 아전', 곧 석호리石壕吏는 두보杜甫가 안녹산安祿山의 난 당시 석호에서 본 일을 읊은 「석호리」石壕吏에서 유래하는 말이다. 이 시에서 석호의 아전은 군인을 차출하기 위해 한밤중에 노인까지 잡아가는 가혹한 관리로 그려져 있다.
7. **장군** 신립申砬(1546~1592)을 말한다
8. **모래가 되고~ 학이 된 이들** 전사戰死한 장수와 병사. 주周나라 목왕穆王이 남방 정벌에 나섰다가 패하여 군대가 전멸했는데, 군자君子는 원숭이와 학이 되고, 소인小人은 벌레와 모래가 되었다는 고사에서 유래하는 말이다.

16

세 편을 지었다. 그중 절구[9]는 다음과 같다.


옛 싸움터에 풀은 몇 해나 새로 돋았나
규방 여인의 꿈속에 잊히지 않는 사람이여.[10]
비바람 불어오는 한식일
백골에 낀 푸른 이끼에도 봄이 남았네.


율시[11]는 다음과 같다.


까마귀 솔개 다 날아가고 물새도 둥지에 깃들였는데
모래밭에 해 떨어지니 길 희미하네.
예전 일 생각하며 부질없이 바라보다
방초 무성한 것 차마 보지 못할레라.
갑옷이 강물 메워 쇠여울[12]은 목메어 울고
썩은 뼈는 들판에 쌓여 월악산[13]도 낮아 뵈네.
그 누가 장군 명성 그리 일찍 높였나


꽃꽃꽃

9. **절구絶句** 네 구절로 이루어진 한시 형식.
10. **규방 여인의~않는 사람이여** 전사한 병사들이 아내의 가슴속에 여전히 살아 기억되고 있다는 말.
11. **율시律詩** 여덟 구절로 이루어진 한시의 형식.
12. **쇠여울** 충청북도 충주시 오석리 일대 남한강 유역의 지명. '금탄'쭈灘 혹은 '금탄' 金灘이라고도
    한다.
13. **월악산月岳山** 충주 근교에 있는 산.

함부로 서쪽 정벌하게 한 일이 후회되누나.[14]


고시[15]는 다음과 같다.


　　동으로 죽령,[16] 남으로 조령[17]
　　충주는 우리나라 천혜의 요충지.
　　누가 벌판에 운조진을 치게 했나
　　장군이 밤에 그리 명령했다지.[18]
　　배수진 친 1만 군사 속수무책으로 당하니
　　천 년 뒤의 사람을 회음후가 그르쳤네.[19]


꙳꙳꙳

**14. 그 누가~일이 후회되누나**　신립申砬은 1592년 임진왜란이 일어나자 삼도 도순변사三道都巡邊使
　가 되어 충주의 탄금대彈琴臺에서 배수진을 치고 왜적과 대결했으나 참패하여 종사관從事官 김여
　물金汝岉과 함께 강물에 투신해 자결했다. 신립은 30대 시절 북방에서 여러 차례 여진족의 침입을
　격퇴하여 무장武將으로서의 명성을 얻고 함경도 병마절도사에 올랐는데, 이러한 일이 없었다면
　탄금대의 참사도 없었으리라는 뜻에서 한 말이다.
**15. 고시古詩**　당나라 때 확립된 근체시近體詩의 엄격한 규율을 따르지 않는 시. 절구나 율시처럼 일
　정한 글자 수로 제한된 구절의 시를 지을 필요도 없고, 평성平聲과 측성仄聲의 배치를 비롯한 온갖
　까다로운 규칙에도 구애되지 않는다.
**16. 죽령竹嶺**　경상북도 영풍군 풍기읍과 충청북도 단양군을 잇는 고개.
**17. 조령鳥嶺**　새재. 경상북도 문경군과 충청북도 괴산군을 잇는 고개. 죽령과 함께 경상도에서 서울
　로 올라오는 관문의 하나였다.
**18. 누가 벌판에~그리 명령했다지**　'운조진'雲鳥陣은 구름이 흩어지고 새가 날아가듯 변화무쌍하게
　움직인다는 진법陣法의 하나. 당시 조령의 험한 지세를 이용해 밀려오는 왜적을 방어해야 한다는
　의견이 있었으나 신립은 이를 받아들이지 않고 평지인 충주 달천의 탄금대에 배수진을 쳤다. 이 때
　문에 결국 신립이 이끄는 조선군은 조총鳥銃을 앞세운 왜적에게 궤멸되고, 왜적이 파죽지세로 북상
　할 수 있었다.
**19. 천 년 뒤의 사람을 회음후가 그르쳤네**　'회음후'淮陰侯는 한나라 고조高祖의 공신인 한신韓信의 봉
　호封號. 한신이 병법에서 금기인 배수진背水陣을 치고 초나라 군대를 물리친 바 있기에 한 말.

18

임금이 서쪽으로 피한 줄도²⁰ 모르는 채

달천 가의 백골은 말없이 썩어 갔네.

뼈가 썩은 건 애석하지 않다만

우리 임금의 의식衣食을 허비한 게 한스럽군.

맨몸으로 강 건너는 필부匹夫의 용기도 못 뇌선만

사람들은 병법이라 칭찬하니 가소로운 일.


파담자가 돌아와 임금께 보고하고 몇 달이 지나지 않아 화산²¹ 수령으로 나가게 되었다. 고을 일이 한가롭고 치리할 문서도 적어 문집을 펼쳐 보고 있었다. 변방의 성 위로 달이 떠올랐고, 동헌은 고요하여 설렁²² 소리도 들리지 않았다. 맑은 밤이 한창 깊어 갈 때 베개를 베고 잠을 청했다. 비몽사몽간에 커다란 나비 한 마리가 유유히 날아오더니 파담자를 인도해 앞으로 나아갔다. 순식간에 산을 넘고 강을 건너 문득 한 곳에 이르렀다. 구름과 안개는 서글픔을 띠고, 바위와 시내는 원망을 쏟아 내는 듯했다. 모든 짐승은 보금자리에 들었고, 눈을 들어 봐도 사람이라곤 보이지 않았다. 방황하며 홀로 걷다가 나무에 기대어 생각에 잠겼다.

※※※※

20. **임금이 서쪽으로 피한 줄도**  선조가 의주義州로 피란한 일을 말한다.
21. **화산花山**  황해도 옹진瓮津에 있는 산 이름. 여기서는 옹진을 말한다. 윤계선은 1600년 사헌부 지평을 지내다가 선조 면전에서 우의정 이헌국李憲國을 심하게 비난한 일로 말미암아 옹진 현감瓮津縣監으로 좌천되었다.
22. **설렁**  관아의 수령이 사람을 부를 때 줄을 잡아당기면 소리를 내는 방울.

잠시 후 성난 질풍 소리가 몰아치더니 들판에 살기가 가득해지며 천지가 칠흑처럼 어두워져 지척을 분간할 수 없었다. 그때 한 무리의 횃불이 멀리서부터 가까워 오는 것이 보였다. 장정 1만 명의 떠들썩한 소리가 차츰 가까이 들려왔다. 파담자는 정신을 바짝 차리고 그 자리에 멈춰 섰다. 모골이 송연했다. 급히 숲 속으로 몸을 피해 그들의 행동을 엿보았다. 장정들이 떼를 지어 몰려오며 울부짖는데 그 형체만 간신히 분간할 수 있었다. 머리가 없는 자가 있는가 하면, 오른팔이 잘린 자, 왼팔이 잘린 자, 왼발이 잘린 자, 오른발이 잘린 자도 있고, 허리 위는 남아 있지만 다리가 없는 자, 다리만 남고 허리 위는 없는 자도 있었다. 배가 부풀어 올라 비틀비틀 걷는 자는 강물에 빠져 죽은 자인 듯했다. 풀어 헤친 머리카락으로 얼굴을 온통 가린 채 비린내 나는 피를 뿜어대며 사지四肢가 참혹하게 망가진 그 처참한 모습을 차마 볼 수 없었다. 그들이 하늘을 향해 한번 울부짖고 가슴을 치며 통곡하니 산이 흔들리고 흐르는 강물도 멈춰 서는 듯했다.

이윽고 구름이 흩어지며 달이 높이 떠오르고 사방이 고요해졌다. 하얀 이슬이 서리가 되어 우거진 갈대 위에 내리니 차갑고 적막한 밤의 들판이 흰 비단을 펼쳐 놓은 것처럼 보였다. 귀신들은 눈물을 닦으며 말했다.

"하늘이 무너지고 땅이 꺼져도 이 원한은 사라지지 않아. 달 밝고 바람 맑은 이 좋은 밤을 그냥 보내서야 되겠나. 한바탕 이야기로 오늘 밤을 보내세."

그러더니 한목소리로 노래를 부르기 시작했다.


살아서도 쓰이지 못했거늘

죽어서는 무엇할까.

나를 낳아 주신 분은 부모님이거늘

나를 죽인 자는 누구인가?

길러 준 나라의 은혜 깊거늘

나라의 일이 위급했네.

장부가 한번 죽는 거야

애석할 것 없네.

한스러운 건 장군의 경솔한 말

어쩌다 이 지경에 이르렀단 말인가!


노래를 마치자 귀신들은 서로 팔꿈치를 맞대고 바짝 붙어 앉아
이야기를 나누었다.

"백발의 부모님께 맛난 음식은 누가 드릴까? 규방의 어여쁜 아
내는 원망 어린 눈물만 부질없이 흘릴 테지. 내 생사에 대해 반신
반의하고 있다가 주인 잃은 말만 돌아오는 것을 보고는 천지간에
외로운 신세가 되어 괜스레 지전紙錢을 태우며 남편의 혼을 부르
겠지. 이런 생각을 하면 마음이 울적해지지 않을 도리가 없어."

그중에 있던 한 귀신이 미소 지으며 말했다.

"너무 쩨쩨하게 굴지 말게. 속세에서 오신 손님이 지금 엿듣고 있으니."

파담자는 자신의 존재를 눈치채이자 급히 나아가 인사했다. 그러자 귀신들이 일어나 공손히 읍[23]하고 말했다.

"그대는 지난번 여기에 오셨던 분 아니십니까? 그때 우리에게 주신 시를 삼가 잘 받았습니다. 고시와 율시는 풍자하는 의미가 깊고 절구는 처절해서 차마 읽을 수 없을 지경이었으니, 이른바 귀신을 울린다는 것이 바로 그 시들을 두고 하는 말입니다. 오늘 밤이 어떤 밤이기에 군자를 만나게 되었는지 모르겠습니다. 지난 일은 구름과 같아 자세히 다 이야기할 수 없지만, 그중 한두 가지 이야기할 만한 것을 말씀드릴 테니, 세상에 전해 주시면 참으로 다행이겠습니다."

그러고는 이야기를 시작했다.

"장수는 삼군三軍의 목숨을 담당하는 자리에 있고, 병사는 장수 한 사람의 통제에 따르는 존재입니다. 그러니 만일 장수가 현명하지 못하면 반드시 일을 망치는 것이지요.

충주의 지세는 실로 남쪽 지방과 접한 요충지요, 조령은 하늘

---

23. **읍揖** 두 손을 마주 잡아 얼굴 앞으로 들어 올리고 허리를 공손히 구부렸다가 몸을 펴면서 손을 내리는 예.

이 내려 준 최고의 요새이며, 죽령은 믿고 의지하기에 충분한 지형을 가지고 있습니다. 이 때문에 한 사람이 관문을 지키면 1만 병사도 길을 뚫지 못하니 저 험하다는 촉도[24]보다도 험난하고, 100사람이 요새를 지키면 1천 사람이 지날 수 없으니 그 좁고 험하다는 정형구[25]만큼이나 험준합니다. 이곳에 나무를 베어다 목책木柵을 만들고 바위를 늘어세우면 북방의 군대가 어찌 날아 넘어올 것이며,[26] 남풍 구슬픈 소리가 어찌 예까지 흘러올 수 있겠습니까?[27] 편안히 앉아 피로한 적을 기다리니 장수와 병졸이 베개를 높이 베고 편히 잘 것이요, 주인의 입장에서 객을 제압하니 승리가 분명했을 겁니다.

애석하게도 신공申公(신립)은 이런 계책을 세우지 않고 자기 위엄을 내세워 제 고집만 부리며 남의 말을 듣지 않았습니다. 김종사金從事(김여물)의 청이 어찌 근거가 없었겠으며,[28] 이순변李巡邊(이

---

꽃꽃꽃꽃

24. **촉도蜀道** 촉蜀(지금의 사천성 지역)으로 통하는 험준한 길.
25. **정형구井陘口** 중국 하북성河北省 태항산太行山의 지맥支脈으로, 길이 험하고 좁아 예로부터 군사 요충지였다.
26. **북방의 군대가~넘어올 것이며** 왜적이 조령과 죽령을 넘어 북상할 수 없다는 뜻. 본래 남북조시대 진陳나라 후주後主가 양자강揚子江까지 침공해 온 수隋나라 군대를 걱정하자 그 신하 공범孔範이 했던 말이다. 공범은 "양자강은 천혜의 요새로 예로부터 남북을 격리시켜 주었으니, 오늘 북방의 군대(수나라 군대)가 어찌 양자강을 날아서 건널 수 있겠습니까?"라고 말했고, 후주는 이 말을 믿고 향락을 즐기다 나라를 잃고 말았다.
27. **남풍南風 구슬픈~흘러올 수 있겠습니까** 왜적의 침입이 수포로 돌아갔을 것이라는 뜻. 『춘추좌전』에 진晉나라의 유명한 악사樂師 사광師曠이 초나라가 정나라를 공격하기 위해 출정했다는 소식을 듣고 "남풍은 생기가 없고 구슬픈 소리가 많으니, 초나라는 반드시 공을 이루지 못할 것이다"라고 했던 데서 따온 말이다. 『춘추좌전』의 '남풍'은 초나라를 비롯한 남방의 음악을 뜻한다.

일)의 말이 참으로 이치에 맞는 것이었건만,[29] 신공은 귀담아 듣지 않고 감히 자기 억측만으로 결정했습니다. 신공은 이렇게 말했지요.

'배에서 내린 적은 거위나 오리처럼 걸음이 무거울 것이요, 이틀 길을 하루에 달려온 적은 개나 돼지처럼 책략이 없을 것이다. 이런 적이라면 너른 벌판에서 한 번의 공격으로 박살 낼 수 있거늘, 무엇하러 높은 산 험준한 고개에서 군사를 두 길[30]로 나누어 지킨단 말인가?'

마침내 탄금대彈琴臺로 물러나 진을 치고는 용추[31] 물가에 척후병을 보낸 뒤 거듭 자세히 명령하며 북을 울리고 오위[32]의 군사에게 재갈을 물렸습니다.[33] 아무 이유 없이 군대를 놀라게 한 자의 목을 베는 것이 손자孫子의 병법이고, 사지死地에 둔 뒤에야 살 수 있다는 것이 한신韓信의 기막힌 계책이라지만, 신공의 용병술은

꿈꿈꿈꿈

28. **김종사의 청이 어찌 근거가 없었겠으며** 선조 때의 문신 김여물金汝岉(1548~1592)은 임진왜란 때 신립의 종사관從事官이 되어 충주 싸움에 나섰으나 대패하자 신립과 함께 자결했다. 김여물은 조령의 지형을 이용하자고 건의했으나 신립은 받아들이지 않았다.

29. **이순변의 말이 참으로 이치에 맞는 것이었건만** 선조 때의 무신 이일李鎰(1538~1601)은 임진왜란 당시 경상도 순변사巡邊使로서 상주 전투에서 패하여 충주로 쫓겨 왔다. 신립이 이일에게 적의 형세를 묻자, 이일은 험준한 조령을 점거하여 왜적을 막아 내지 못했으니 넓은 들판에서 강한 왜적을 당해 낼 도리가 없다며 차라리 후퇴해 서울을 지키는 게 낫다고 대답했던 것으로 전한다.

30. **두 길** 조령과 죽령을 말한다.

31. **용추龍湫** 조령 밑의 동화원桐華院 서북쪽 1리 밖에 있는 땅 이름. 그곳에 폭포가 있었다.

32. **오위五衛** 조선시대의 중앙 군사 조직으로, 의흥위義興衛(중위中衛), 용양위龍驤衛(좌위左衛), 호분위虎賁衛(우위右衛), 충좌위忠佐衛(전위前衛), 충무위忠武衛(후위後衛)를 아울러 이르는 말. 신립은 임진왜란 당시 서울의 오위 병력을 거느리고 충주로 내려왔다.

33. **재갈을 물렸습니다** 공격할 때 소리를 내지 않기 위해 군졸의 입에 나무를 물리던 일을 말한다.

교주고슬膠柱鼓瑟이요 수주대토守株待兎일 뿐이었습니다. 김효원을 죽이고 안민의 목을 벤 일[34]도 본래 이런 데서 말미암은 겁니다. 건장한 젊은이는 핏덩이가 되고 씩씩한 병사는 고기밥이 되고 말았으니, 얼마나 참혹한 일입니까. 더욱 가소로운 일은 군사들이 서릿발 서린 큰 칼과 햇빛에 번뜩이는 긴 창을 휘둘러 섬꾕을 일으키고 펄쩍 뛰어올라 성난 함성을 지르는데, 전투 직전에 진법陣法을 바꾸고는[35] 바라를 치고 군대의 깃발을 눕혀 군사를 물러나게 하니, 당당하고 정연하던 군진이 구름이 흩어지고 새가 흩어지듯 허물어져 용감하고 씩씩한 군사들이 좌우를 돌아보며 달아날 궁리만 하게 된 것입니다. 마침내 관문을 훌쩍 뛰어넘고 수레의 끌채를 끼고 달릴 만한 용력과 큰 쇠뇌를 쏘고 쇠뿔을 뽑을 만한 힘을 가진 병사들이 비분강개한 마음을 품은 채 핏덩이가 되고 말았으니, 당시의 일을 차마 입에 올릴 수 있겠습니까? 장수는 싸움에 능했지만 병사가 싸움에 능하지 못했다면 우리의 목이 베인들 억울할 게 없습니다. 불세출의 재주로 불세출의 공을 세웠다더니 우리가 여기서 죽음을 당한 건 어째서입니까?"

말을 마치고는 근심스러운 얼굴로 비 오듯 눈물을 쏟았다.

꽃꽃꽃꽃

34. 김효원金孝原을 죽이고 안민安敏의 목을 벤 일  신립 막하의 척후장斥候將 김효원과 안민이 달려와 "왜적의 선봉이 이미 쳐들어왔다"고 알리자, 신립은 허황된 말로 군사들을 놀라게 해 사기를 떨어뜨렸다는 명목으로 두 사람의 목을 베었다.
35. 전투 직전에 진법陣法을 바꾸고는  신립은 왜적이 들이닥치자 진陣의 대오를 바꾸게 했다.

잠시 후 실의에 빠진 한 사내[36]가 얼굴 가득 부끄러운 빛을 띤 채 고개를 떨구고 머뭇머뭇 발걸음을 주저하며 입을 우물거리다가 읍하고 말했다.

"고아가 된 자식들과 과부가 된 아내들의 원망이 모두 나 한 사람에게 모였군요. 제가 비록 죄를 지었지만 오늘의 이야기에 대해 변명하지 않을 수 없습니다.

저는 본래 장수 집안의 후예요, 귀한 가문 출신입니다. 기운은 소를 삼킬 만하고 말달리기를 좋아해서, 삼대가 장군을 지내서는 안 된다[37]는 경계를 모르고 병법을 배웠습니다. 그리하여 무과에 급제했는데 장원이 못 된 것은 한스러웠지만, 100보 밖에서 버들잎을 꿰뚫을 정도로 활을 잘 쏘아[38] 실로 이광[39]의 활솜씨를 이었다고 할 만했습니다. 그러다 현명한 임금께 제 재주가 잘못 알려져 외람되이 변경을 지키는 장수가 되는 은혜를 입었습니다. 북방의 여진족이 준동하던 시절에 서쪽 요새[40]에 우뚝 성을 쌓고, 한 칼로 번개처럼 내리쳐 적의 우두머리를 모조리 해치우니, 삼

---

36. 실의에 빠진 한 사내  신립을 말한다.
37. 삼대三代가 장군을 지내서는 안 된다  진秦나라의 왕전王剪·왕분王賁·왕리王離 삼대가 내리 장수가 되었으나 그 뒤가 좋지 않았던 데서 유래하는 말.
38. 100보 밖에서~잘 쏘아  중국 고대의 인물인 양유기養由基가 100보 밖에서 활을 쏘아 버들잎을 꿰뚫었다는 고사가 전한다.
39. 이광李廣  한나라의 장군. 원숭이처럼 팔이 길어 활을 잘 쏘았던 것으로 유명하다.
40. 서쪽 요새  신립은 함경도 온성 부사穩城府使와 함경도 병마절도사를 지냈던바, 정확히 말한다면 '북쪽 요새'라 해야 옳다.

군이 우레처럼 떨쳐 일어나 여진의 소굴을 완전히 소탕했습니다. 장료의 이름만 들어도 두려워 강동의 아이들이 울음을 그치고,[41] 이목의 위세에 굴복해서 북쪽 변방의 말이 감히 나아가지 못했던 것[42]과 같았습니다. 세운 공은 미약했지만 보답을 후히 받아서 지위가 높아지니[43] 득의만만했습니다. 이 강 저 강을 누비며 황금 띠를 허리에 차고, 임금의 측근 신하들이 숙직하는 곳에 드나들며 임금의 칭찬을 받았습니다.

변경에 적이 침입해서 석 달 동안 봉화가 그치지 않아 임금께서 수레를 밀어 주시니[44] 싸움터에서 죽겠다고 결심했습니다. 어전에서 간절히 아뢰자 임금께서 감동하시어 도성 밖에서 장수들을 통솔하는 대장군의 권한을 저에게 일임하셨습니다. 오랑캐들의 실태를 꿰뚫어 보고 군대를 운용하는 일이 내 손 안에 있다고 쉽게 여겨서, 처음에는 적장의 맨 어깨를 드러내고 갑옷 위에 채

꾳꾳꾳꾳

41. **장료張遼의 이름만~울음을 그치고**  '장료'는 조조曹操 휘하의 장수로, 결사대 800명을 이끌고 오吳나라 손권孫權의 10만 대군을 격파하여 강동江東(오나라)에 이름을 떨쳤다. 이 때문에 강동의 울던 아이가 "장료가 온다"는 말을 들으면 울음을 그쳤다는 고사가 전한다.

42. **이목李牧의 위세에~못했던 것**  '이목'은 전국시대 조趙나라의 장군이다. 이목이 북쪽 변경을 방비할 때 흉노가 이목을 두려워해서 10여 년 동안 침입하지 않았다고 한다.

43. **지위가 높아지니**  신립은 1583년(선조 16)에 온성 부사가 되어 북쪽 변경을 침입한 니탕개泥湯介를 격퇴하고 두만강을 건너가 여진족의 소굴을 소탕한 후 개선했으며, 그 공으로 함경도 병마절도사에 올랐다.

44. **임금께서 수레를 밀어 주시니**  임진왜란이 일어나자 선조宣祖가 신립을 충청·경상·전라도의 군사를 총괄하는 삼도 도순변사로 임명한 일을 가리킨다. 옛날에 임금이 싸움터에 나가는 장수의 수레를 극진한 예우의 표시로 손수 밀어 보냈다는 데서 유래하는 말이다.

찍질할 일[45]만 생각했지, 문을 열어 적을 끌어들였다는 것[46]은 깨닫지 못했습니다. 내 의견만 고집하면 작아진다[47]는 옛사람의 가르침을 잊었고, 적을 가벼이 여기면 반드시 패한다는 점에서 마복군馬服君의 아들 조괄[48]과 같은 잘못을 범했습니다. 사람의 계책만 나빴던 게 아니라 하늘도 돕지 않았습니다. 어려진[49]을 펼치기도 전에 적의 매서운 선제공격을 받았습니다. '먼저 북산을 점거한 자가 이긴다'[50]는 말처럼 유리한 지형을 가지고 있었거늘, 병사들이 앞다투어 강물로 뛰어들기에 이르렀으니 대사를 이미 그르치고 말았습니다.

아아! 어디로 돌아가리? 나 홀로 무엇을 한단 말인가? 마침내 8척 내 몸을 만 길 강물에 던지고 말았습니다. 성난 파도와 무시무시한 물결이 넘실넘실 치솟아도 이 수치를 씻기 어렵습니다. 맑은 강과 급한 여울은 슬피 울고, 원망하고, 부르짖으며 제 마음

---

45. **적장의 맨 어깨를~채찍질할 일** 적장의 항복을 받는 것을 이르는 말.
46. **문을 열어 적을 끌어들였다는 것** 조령에서 적을 막지 않은 것을 가리킨다.
47. **내 의견만 고집하면 작아진다** 『서경』書經 상서商書 「중훼지고」仲虺之誥에 나오는 말.
48. **조괄趙括** 전국시대 조趙나라의 명장 마복군 조사趙奢의 아들. 조사는 평소 "전쟁이란 사지死地인데 괄括은 쉽게 말하니, 만일 조나라에서 괄을 장수로 삼는다면 괄은 필시 조나라 군대를 망하게 할 것이다"라고 했다. 과연 조괄은 장군이 된 뒤 진秦나라 장군 백기白起에게 조나라 40만 대군이 몰살당하는 참패를 하고 죽었다.
49. **어려진魚麗陣** 진법陣法의 하나. 본래 전차와 보병이 합동 작전을 수행하도록 고안한 진법.
50. **먼저 북산을 점거한 자가 이긴다** 조나라의 장군 조사趙奢가 조나라를 쳐들어온 진나라 백기의 군대에 맞서 싸울 때 조사의 부하 장수 허력許歷이 한 말로, 요충지를 먼저 점령해야 싸움에 유리하다는 뜻.

을 하소연합니다. 계곡 어귀에 구름이 잠기고 연못에 달이 비칠 때면 제 넋은 외로이 기댈 데가 없고, 제 그림자 또한 외로이 스스로를 조문합니다.

시간이 쏜살같이 흘러도 제 답답한 마음을 펴지 못했거늘, 다행히 그대를 만나 속마음을 토로할 수 있었습니다. 아아! 항우는 산을 뽑는 힘과 온 세상을 뒤덮는 기개를 가지고 백전백승했지만 끝내 오강[51]에서 패했고, 제갈공명은 와룡의 재주와 몇 사람 몫의 지혜를 가지고 다섯 번이나 군사를 일으켰지만 결국 기산[52]에서 아무런 소득도 얻지 못했습니다. 하늘이 그렇게 정한 일이니 인간의 힘으로 어찌하겠습니까? 누구를 원망하고 누구를 탓하겠습니까? 저 하늘은 유유하기만 하거늘!"

사내는 서글피 노래하고 눈물을 흘리며 몸을 가누지 못했다.

잠시 후 곁에 있던 한 사람이 눈썹을 추켜올리고 신공申公을 향해 눈을 부라리며 말했다.

"시루는 벌써 깨졌고, 모든 일은 이미 끝났소. 일의 성패에는 운수가 있고, 시비는 이미 정해졌는데, 또다시 미주알고주알 이야기할 필요 있겠소? 오늘 밤 여러분이 모이기로 약속을 했고,

ꙜꙜꙜꙜ

51. **오강烏江** 중국 안휘성安徽省에 있는 강. 항우項羽가 한나라 유방劉邦의 군대에 쫓겨 이곳에서 자결했다.
52. **기산祁山** 감숙성甘肅省 서화현西和縣 서북쪽에 있는 산으로, 북방의 강족羌族과 통하고 남방의 장안長安으로 진출하는 요충지였다. 제갈공명諸葛孔明은 이 산에 있는 위魏나라의 성성城을 공격하기 위해 다섯 차례 군사를 일으켰으나 결국 실패하고 군중軍中에서 병사했다.

마침 방외인[53]이 오셔서 저기 계시니 윗자리로 맞이해 우리들의 즐거운 놀이를 구경하시도록 하는 게 좋지 않겠소?"

미처 앉기도 전에 요란한 거마 소리가 사방에서 들려왔다. 깃발을 휘날리며 창검을 빽빽하게 든 무리가 있는가 하면, 부절符節과 인수印綬를 차고 옷차림이 말쑥한 이들도 보였다. 앞에서 "물렀거라!" 외치며 길을 인도하더니 대열이 금세 탄금대 앞에 이르렀다. 백면서생과 젊은 무인들이 공손히 인사하고, 겸양하며 자리로 올라왔다.

문득 강에 많은 배가 모여들어 뱃길에 노 젓는 소리가 들려왔다. 바람을 타고 오는 돛단배의 행렬이 꼬리를 물고 천 리에 이어지더니 마침내 강가 갈대숲에 닻줄을 묶었다.

~~~~~~

53. **방외인方外人** 세상 밖의 사람. 여기서는 저승의 귀신들 입장에서 다른 세계에 속한 이승의 '파담자'를 말한다.

54. **대장군大將軍** 충무공 이순신李舜臣(1545~1598)을 말한다.

55. **고첨지高僉知** 고경명高敬命(1533~1592)을 말한다. 선조 때의 문신으로, 임진왜란 당시 의병장으로 활약하여 첨지중추부사에 임명되었다.

56. **최병사崔兵使** 최경회崔慶會(1532~1593)를 말한다. 임진왜란 때의 의병장으로, 호남 일대에서 왜적을 격파한 공로로 경상우병사慶尙右兵使에 임명되었다. 1593년 가토 기요마사加藤淸正의 공격에 맞서 김천일金千鎰·황진黃進·고종후高從厚 등과 함께 진주성晉州城을 사수했으나 9일 만에 성이 함락되자 남강南江에 투신해 자결했다.

57. **김원주金原州** 김제갑金悌甲(1525~1592)을 말한다. 임진왜란 때 원주 목사原州牧使로서 왜장倭將 모리 요시나리森吉成의 군대와 싸우다가 전사했다.

58. **임남원任南原** 임현任鉉(1549~1597)을 말한다. 1597년 정유재란丁酉再亂이 일어나자 남원 부사로 부임하여 성을 지키다가 전사했다.

59. **송동래宋東萊** 송상현宋象賢(1551~1592)을 말한다. 임진왜란 때 동래 부사로서 왜적의 공격에 맞서 싸웠으나, 성이 함락되자 죽음을 당했다.

60. **김회양金淮陽** 김연광金鍊光(1524~1592)을 말한다. 임진왜란 때 회양 부사로서, 왜적이 쳐들어오자 군졸이 모두 달아났으나 성문 앞에 홀로 정좌한 채 적에게 참살되었다.

대장군[54]이 누런 휘장을 두르고 내려오자 여러 손님이 일제히 일어나 맞이했다. 대장군이 우선 오른쪽의 첫째 자리를 차지했다. 왼쪽의 첫째 자리에는 고첨지[55]가 앉았다. 그다음 최병사,[56] 김원주,[57] 임남원,[58] 송동래,[59] 김회양,[60] 김종사,[61] 김창의,[62] 조제독[63]이 차례로 앉았다. 오른쪽 둘째 자리에는 황병사[64]가 앉고, 그다음 이병사,[65] 김진주,[66] 유수사,[67] 신판윤,[68] 이수사,[69] 이첨사,[70] 정만호[71]가 차례로 앉았다.

꽃꽃꽃꽃

**61.김종사金從事** 김여물을 가리킨다. 주28 참조.

**62.김창의金倡義** 창의사倡義使 김천일金千鎰(1537~1593)을 말한다. 임진왜란 때 고경명·박광옥朴光玉 등과 함께 의병을 일으켜 수원 독성산성禿城山城을 거점으로 군사 활동을 전개했다. 1593년 300명의 의병을 이끌고 진주성에 들어가 10만의 왜군과 전투를 벌이다 성이 함락되자 남강에 투신해 자결했다.

**63.조제독趙提督** 조헌趙憲(1544~1592)을 말한다. 선조 때의 문신으로, 공주 제독을 지냈다. 임진왜란이 일어나자 옥천沃川에서 의병을 일으켜 1,700명을 규합하여 영규靈圭가 이끄는 승병僧兵과 함께 청주를 수복했다. 700의 의병으로 금산錦山에서 고바야카와 다카카게小早川隆景의 군대와 끝까지 싸우다가 전사했다.

**64.황병사黃兵使** 황진黃進(1550~1593)을 말한다. 선조 때의 무신으로, 임진왜란 때 여러 차례 전공을 세워 충청도 병마절도사에 올랐다. 적의 대군이 진주를 공격하자 김천일·최경회 등과 진주성에서 분전하다 전사했다.

**65.이병사李兵使** 이복남李福男(?~1597)을 말한다. 선조 때의 무신으로, 정유재란 때 전라도 병마절도사로서 남원성에서 왜군과 싸우다가 전사했다.

**66.김진주金晉州** 김시민金時敏(1554~1592)을 말한다. 임진왜란 때 진주 목사로서, 1592년 10월 적의 2만여 대군이 진주성을 포위하자 불과 3,800여의 병력으로 7일간의 공방전을 벌여 적을 격퇴했으나 총상을 입고 전사했다.

**67.유수사劉水使** 유극량劉克良(?~1592)을 말한다. 임진왜란 때 전라좌수사를 지냈고, 조방장助防將으로 죽령을 수비한 뒤 신할申硈의 예하에 들어가 임진강 방어전에 참전했다. 신할이 적을 얕보고 임진강 건너 적을 공격하려는 것을 말렸으나 말을 듣지 않자 함께 강을 건넜다가 전사했다.

**68.신판윤申判尹** 신립을 말한다. 신립은 한성부 판윤을 지낸 바 있다.

**69.이수사李水使** 이억기李億祺(1561~1597)를 말한다. 임진왜란 때 전라우수사가 되어 전라좌수사 이순신, 경상우수사 원균元均과 합세하여 왜적을 크게 격파했다. 정유재란 때 통제사 원균 휘하에서 조정의 무리한 진격 명령을 받고 부산의 왜적을 공격하다가 패하여 원균과 함께 전사했다.

남쪽 줄에는 심감사,[72] 정동지,[73] 신병사,[74] 윤판사,[75] 박교리,[76] 이좌랑,[77] 고임피,[78] 고정자[79]가 차례로 앉았고, 아랫자리에는 승장[80]이 앉았다.

김종사가 자리에 앉은 여러 사람들에게 말했다.

"이승의 선비가 여기 계신데, 맞아들이는 게 어떻겠습니까?"

---

70. **이첨사李僉使**  이영남李英男(1563~1598)을 말한다. 정유재란 때 가리포加里浦 첨절제사僉節制使로서 삼도 수군통제사 이순신의 휘하에서 공을 세웠다. 노량해전에서 적을 섬멸하다가 전사했다.

71. **정만호鄭萬戶**  정운鄭運(1543~1592)을 말한다. 임진왜란 때 녹도鹿島 만호로 좌수영左水營 앞바다 싸움에서 전라좌수사 이순신의 선봉장이 되어 큰 전과를 올렸으나 적탄에 맞아 전사했다.

72. **심감사沈監司**  심대沈岱(1546~1592)를 말한다. 선조 때의 문신으로, 임진왜란 때 왕을 호종하여 의주義州에 갔다가 경기도 관찰사가 되어 서울 탈환 작전을 위해 남하하던 중 경기도 삭녕朔寧에서 왜군의 기습을 받아 전사했다.

73. **정동지鄭同知**  정기원鄭期遠(1559~1597)을 말한다. 선조 때의 문신으로, 정유재란 때 명나라 부총병副總兵 양원楊元의 접반사接伴使가 되어 남원에 갔다가 남원성이 함락될 때 전사했다.

74. **신병사申兵使**  신립의 동생 신할申硈을 말한다. 선조 때의 무신으로, 남병사南兵使(함경남도 병마절도사)를 지냈다. 임진강 방어전에서 적을 얕보고 성급하게 임진강을 건너 적을 공격하다가 전사했다.

75. **윤판사尹判事**  윤섬尹暹(1561~1592)을 말한다. 선조 때의 문신으로, 판중추부사를 지냈다. 임진왜란 때 상주尙州 전투에서 전사했다.

76. **박교리朴校理**  박호朴箎(1567~1592)를 말한다. 임진왜란 때 교리校理로서 이일李鎰의 종사관이 되어 상주에서 싸우다가 동료 윤섬·이경류 등과 함께 전사했다.

77. **이좌랑李佐郎**  이경류李慶流(1564~1592)를 말한다. 임진왜란 때 병조좌랑으로서 상주 전투에서 전사했다.

78. **고임피高臨陂**  고종후高從厚(1554~1593)를 말한다. 선조 때의 문신으로, 임피 현령을 지냈다. 아버지 고경명과 동생 고인후가 금산 전투에서 전사한 뒤 스스로 '복수의병장'復讎義兵將이라 칭하고 왜적과 싸웠다. 1593년 진주성에 들어가 싸우다가 성이 함락되자 김천일·최경회와 함께 남강에 투신해 자결했다.

79. **고정자高正字**  고인후高因厚(1561~1592)를 말한다. 선조 때의 문신으로, 승문원 정자 벼슬을 지냈다. 금산 전투에서 아버지 고경명과 함께 전사했다.

80. **승장僧將**  영규靈圭(?~1592)를 말한다. 서산 대사西山大師의 제자로, 임진왜란이 일어나자 500명의 승병僧兵을 규합하여 의병장 조헌과 함께 청주를 수복하고, 이어 금산에서 고바야카와 다카카게小早川隆景의 군대와 싸우다가 조헌 등 700 의병과 함께 전사했다.

모두들 좋다고 해서 파담자도 말석에 앉게 되었다.

자리가 정해지자 맛있는 음식이 담긴 금쟁반이 좌우에 놓이고 서글픈 현악기, 호탕한 관악기 소리가 위아래로 어우러졌다. 음악이 아직 끝나지 않았는데 대장군이 정만호를 부르더니 말했다.

"자네가 소와 말을 잡고, 병사들에게 막걸리를 나누어 주어 마시게 하여 함께 음악을 즐기게 하게."

그리하여 북채를 들고 북을 울리니 천지를 뒤흔드는 소리에 여러 귀신이 덩실덩실 춤을 추며 펄쩍 뛰어오르고 함성을 지르며 기세를 올렸다.

왼쪽 첫째 자리의 고첨지가 앞으로 나와 말했다.

"오늘의 이 놀이도 즐겁긴 합니다만, 귀한 손님이 자리에 있고 이처럼 성대한 잔치가 다시 있기 어려우니, 병사들을 물러가게 한 뒤 각자 자기 생각을 이야기해 보는 것이 어떻겠습니까?"

대장군이 즉시 징을 쳐 지시했다. 삼성[81]은 아직 기울지 않았는데 달이 하늘 위로 떠오르자 뭇 동물이 소리를 거두고 나무 그림자가 어지러이 비꼈다. 호위병에게 연잎 모양의 금술잔에 술을 따르게 하여 두어 순배가 돌자 좌중에 봄기운이 돌며 화기가 가득했다. 왼쪽에서는 붓을 잡아 시를 짓고, 오른쪽에서는 검을 두드리며 노래를 부르니 불평의 소리가 하늘로 올라갔다.

81. **삼성**三星  삼성參星. 서쪽에 뜨는 별로, 오리온자리 중앙의 세 별을 말한다.

고임피가 앞으로 나와 말했다.

"우림고아[82]로서 부친을 여읜 지극한 아픔을 안은 채, 호랑이처럼 용맹한 아버지 앞에 개처럼 보잘것없는 자식이 될까 걱정하며, 새매에게 참새의 날개가 찢기는 것을 잊고,[83] 피눈물을 흘리며 창을 베고 잤고, 뼈를 깎으며 복수를 도모했습니다.

목숨을 버리고 의리를 택한 무리들이 싸락눈처럼 모여들어 관흥과 장포[84]의 승전보를 손꼽아 기다렸으나, 끝내 굶주린 물고기의 밥이 되고 말았으니[85] 죽어서도 소원을 이루지 못했습니다."

마침내 시를 읊었다.


해마다 비바람 맞아

모래밭의 백골에 이끼 꼈지만

평생 원수 갚겠다는 뜻은

조금도 식지 않았네.


꾳꾳꾳꾳

82. **우림고아羽林孤兒** 임금의 근위병인 우림위羽林衛를 말한다. 한나라 때 전사한 사졸의 자손을 모아 창설한 군사 조직이기에 '우림고아'라 불렸다. 여기서는 고종후가 싸움터에서 아버지를 잃고 자신 또한 의병장으로 나섰기에 한 말이다.

83. **새매에게 참새의~것을 잊고** '강력한 왜군 앞에 깨지는 것을 생각하지 않고'라는 뜻.

84. **관흥關興과 장포張苞** 촉蜀의 명장名將 관우關羽와 장비張飛의 아들. 제갈공명의 휘하에서 위魏·오吳에 대항했으나 뜻을 이루지 못했다.

85. **굶주린 물고기의 밥이 되고 말았으니** 진주성에서 농성하다 남강에 투신해 자결한 일을 말한다.

34

고정자가 앞으로 나와 말했다.

"선친의 슬하를 떠나지 않고 외람되이 군중에서 모시며 아침저녁으로 맛있는 음식을 봉양하고, 아침저녁으로 문안을 드리던 중에 전세가 불리해져 부자가 함께 죽고 말았습니다. 비녕의 종은 한쪽 팔을 잃고도 주인의 아들을 구하지 못했고,[86] 변곤의 아내는 두 아들을 곡하였으니 무슨 부끄러움이 있었겠습니까?[87] 부자의 해골이 서로 의지하며 혼백이 함께 노닐고 있습니다."

마침내 시를 읊었다.

지하에도 삼강오륜 중하거늘
인간 세상 모든 일은 허사가 되었네.
여전히 아버지 모시고 있거늘
지금의 내 행색이 어떤지 묻네.

꽃꽃꽃꽃

86. 비녕조寧의 종은~구하지 못했고 『삼국사기』三國史記 열전列傳 「비녕」조寧에 나오는 다음의 사적을 말한다. 신라가 백제군의 공격을 받아 고전하던 중 김유신金庾信은 그의 벗 비녕에게 사세가 급박하니 분전하여 신라병의 시기를 올려 달라고 부탁했다. 비녕은 출전에 앞서 종 합절合節에게 아들 거진擧眞의 출전을 막아 아내를 돌보게 하라고 당부했다. 비녕이 적진으로 돌격해 몇 사람을 죽이고 목숨을 잃자 거진이 적진으로 달려가려 했다. 합절이 비녕의 말을 전하며 극구 말렸으나, 거진은 만류하는 합절의 팔을 칼로 쳐서 끊고는 적진으로 달려가 싸우다가 죽었다. 이에 합절 역시 나가 싸우다가 죽었다.

87. 변곤卞壺의 아내는~부끄러움이 있었겠습니까 변곤은 동진東晉의 상서령尚書令으로, 소준蘇峻이 반란을 일으키자 아픈 몸을 이끌고 출전하여 전사했다. 두 아들 진眕과 우盱 역시 아버지의 죽음을 보고 나가 싸우다가 죽었다. 변곤의 아내는 남편과 자식의 사망 소식을 듣고 곡하면서 "아버지는 충신이요, 아들은 효자다"라고 말했다.

이좌랑이 나와 말했다.

"부형父兄의 유업을 이어받아 성현의 글을 입으로만 겨우 외었으나, 경륜이 부족해 조정의 일을 감당하기 어려웠고, 전장에서의 용기도 부족해서 오랑캐의 손아귀를 벗어나지 못했습니다. 아내에게 편지 한 통 부친 일[88]은 장부들이 비웃겠지만, 형에게 두 개의 귤을 던진 일[89]은 원혼들도 가련히 여길 것입니다. 비참한 마음이 어찌 다함이 있겠습니까?"

마침내 시를 읊었다.


장군의 막부에 있을 때[90]

오랑캐가 세류영[91]을 엿보았네.

구름을 탄 용이 문득 거꾸러지니

승냥이 떼가 함부로 날뛰었네.

칼날의 시퍼럼은 장홍의 핏빛이 변한 거고[92]


---

88. **아내에게 편지 한 통 부친 일**　이경류가 전장에서 아내에게 편지 한 통을 부친 일이 있었던 듯하다.
89. **형에게 두 개의 귤을 던진 일**　『청구야담』에 이에 관한 이야기가 있다. 이경류가 죽은 지 한참 뒤 어머니가 병들어 귤을 먹고 싶어했지만 구할 길이 없었다. 며칠 뒤 하늘에서 이경류의 형을 부르는 소리가 들려 형이 나가 보니 이경류가 동정호에서 얻어 온 것이라며 귤을 던져 주었다.
90. **장군의 막부幕府에 있을 때**　이경류가 임진왜란 당시 병조좌랑의 벼슬에 있었기에 한 말.
91. **세류영細柳營**　군영 혹은 군율이 엄정한 군영을 이르는 말. '세류'細柳는 중국 섬서성陝西省에 있는 땅 이름. 한나라 주아부周亞夫가 장군이 되어 세류에 진을 쳤을 때 그 규율이 엄정했던바, 이곳을 순시한 문제文帝가 크게 감동했다는 고사가 있다.
92. **장홍萇弘의 핏빛이 변한 거고**　주周나라의 장홍이 참소를 받아 촉나라에서 죽었는데, 촉나라 사람들이 그의 피를 거두어 3년 동안 간직해 두었더니 푸른 옥으로 변했다는 이야기가 『장자』 「외물」外物에 보인다.

꽃의 붉음은 두견이 피를 토해 운 때문.

백골을 거둬 줄 이 아무도 없는데

향기로운 풀이 온 들판에 피었네.


박교리가 앞으로 나와 말했다.

"나이 겨우 열여덟에 3천 명 중 으뜸 자리에 이름을 올리고 한 걸음에 옥당 벼슬에 올라,[93] 궁궐 향로의 푸른 연기 속에서 하루에 세 번씩 임금을 뵈었습니다. 그러나 영예와 은총이 넘쳐 재앙이 닥쳤으니, 궁궐을 잠시 떠나왔다가 문득 왜적의 소굴에서 죽게 될 줄 그 누가 알았겠습니까? 물정 어두운 선비여서 말달리는 일에 서툴렀으니, 하늘이 어찌 이 목숨을 지켜 줄 수 있겠습니까? 고향은 아득히 멀고, 내 쓸쓸한 육신과 그림자는 구슬픕니다."

마침내 시를 읊었다.


백면서생 드문 그곳

붉은 연꽃이 장막 안에 피었네.

명성이 비록 자자했지만

93. **나이 겨우~벼슬에 올라**  박호가 1584년(선조 17) 18세에 문과에 장원급제하여 홍문관弘文館 수찬修撰이 된 일을 말한다. '옥당'은 홍문관을 달리 일컫는 말.

천명은 이미 쇠했네.
길은 먼데 내 넋을 어디 맡길까
세월 오래니 뼈도 부서지네.
달 밝은 대궐문에
밤마다 나 홀로 돌아가네.


윤판사가 앞으로 나와 말했다.

"벼슬아치 가문의 후예요 조정의 신하로서, 시절이 평탄치 않아 운명이 궁하고 하늘이 순탄하지 않아 일이 어그러져, 많은 선비 중에서 홀로 선발되었으나 마침내 왜적의 칼날에 쓰러지고 말았습니다. 집에 계신 부모님은 연로하신데 소식이 끊겼고, 호숫가 다리 너머 산은 높고 강은 길어 집으로 가는 길이 아득합니다. 밝은 달을 따라 집으로 돌아가며, 슬픈 바람 소리에 기대어 숲을 향해 울부짖습니다."

마침내 시를 읊었다.


어려서 활쏘기 익히지 않았고
나이 들어서는 말타기 서툴렀네.
남은 생이 왜 이리 어그러졌나
일찍부터 허튼 명성에 속았기 때문일세.
어두운 하늘 구름이 바라뵈는 곳에

해 저물녘 어머니가 자식을 기다리시네.

외로운 넋 쓸쓸히 남았는데

빈산에 두견새만 슬피 우네.


신병사가 앞으로 나와 말했다.

"일찍 무과에 급제하여 병서兵書를 대략 익혔고, 병조兵曹에서 벼슬이 특진하여 북방 변경을 지켰습니다. 그러나 불행히도 시운이 막혀 통탄스럽게도 임금께서 피란하시게 되었습니다. 그래서 군사를 거느리고 철령을 넘어[94] 원수[95]를 만나 임진강에 진을 쳤습니다. 나라의 치욕을 씻고 형[96]의 원수를 갚고자 군사를 재촉하여 강을 건넜지만, 맨손으로 호랑이를 때려잡고 맨몸으로 강을 건너는 무모한 용기에 지나지 않아 군사와 말을 모두 죽이고 말았으니, 이제 와 후회한들 무슨 소용이 있겠습니까!"

그러고는 노래를 불렀다.


유유히 흐르는 강물이여

한번 간 넋은 돌아오지 않누나.

94. **군사를 거느리고 철령鐵嶺을 넘어**  신할이 함경도 북청北靑에서 남병사로 있다가 임진강 방어전에 참여했기에 한 말. '철령'은 함경남도 안변군과 강원도 회양군 사이에 있는 고개.
95. **원수元帥**  선조 때의 문신 김명원金命元(1534~1602)을 말한다. 임진왜란 때 팔도도원수八道都元帥로서 임진강 방어전을 지휘했다.
96. **형**  신립을 말한다.

우수수 언덕에 부는 바람이여

음산한 구름이 하늘을 뒤덮어 해도 차갑네.

누군들 형제가 없겠는가마는

왜 유독 우리 집안에만 가혹한가?

임진강 물고기 배 속에

내 뼈를 묻었어라.

달이 가고 해가 가도

잊을 수 없는 게 있네.


정동지가 앞으로 나와 말했다.

"일찍부터 『시경』과 『서경』은 익혔지만 병법은 배우지 못했습니다. 다행히 과거에 급제하여 오랫동안 벼슬을 지내던 중 전쟁이 일어나자 명나라 장수를 접대하는 임무를 맡았고, 높은 벼슬에도 올랐습니다.[97] 그러나 복이 지나치면 재앙이 생기고, 받은 은혜가 깊으면 목숨을 가볍게 여겨야 하는 법이지요. 넋은 화살과 돌이 난무하는 속에서 스러졌고, 뼈는 모래밭에서 썩으니, 오래도록 서글픈 마음 품은 채 세월만 쏜살같이 흘러갑니다."

마침내 시를 읊었다.


---

97. **전쟁이 일어나자~벼슬에도 올랐습니다**  정기원은 정유재란 때 예조참판으로서 명나라 부총병副總兵 양원楊元의 접빈사接賓使 임무를 맡았다.

40

왜적이 남원성 침범하니

오작교[98]에 살기가 드높았네.

백면서생이 싸움터에 나설 줄 알았더라면

말타기와 활쏘기 익혔을 텐데.


심감사가 앞으로 나와 말했다.

"왜적의 무리 가득한 곳에서 왕명을 받아 싸우고 있는 중에 임지로 오니,[99] 종묘사직은 이미 폐허가 되어 서울을 바라보며 절치부심했습니다. 병력이 부족해 경기도 군사를 끌어모으며, 허리띠를 풀 겨를도 없이 나라에 은혜 갚고자 하는 마음만 간절했습니다. 지략이 없어 삭녕에서 군사를 잃고 패했고,[100] 종로에 목이 내걸렸으되[101] 다행히 아들이 수습해 주었습니다. 마땅히 죽을 곳에서 죽었으니, 무슨 더 할 말이 있겠습니까?"

마침내 시를 읊었다.


　　　푸른 산 깊은 곳에 관아문은 닫혔는데

정찰대는 한밤중에도 돌아오지 않네.
적의 칼날에 혼비백산하여 군진이 다 흩어지는데
적막한 새벽하늘에 달이 저무네.


정만호는 칼을 들고 일어나 춤을 추며 노래를 불렀다.


위급한 나라 걱정하며
나라에 사내다운 사내 없음을 꾸짖었네.
살아서 장군[102]과 함께 일했고
죽어서도 장군 곁에 머물렀네.
하늘을 우러러 무엇을 부끄리며
땅을 굽어보아 무엇을 부끄리리.


기백이 활달하고 어조가 비장했다. 또 「돛 내리는 노래」를 불렀는데, 그 노래는 다음과 같다.


돛대는 높아 백 척이요, 큰 돛은 구름 같아라
푸른 바다 아득한데 물결은 잔잔하네.
왼쪽은 부산 오른쪽은 대마도對馬島

---

102. **장군** 이순신을 말한다.

취한 눈 부릅뜨니 술기운이 오르네.

이 몸 죽어 뜻 이루지 못했지만

씩씩한 기운 토해 구름 끝에 닿았네.

대장부가 쩨쩨해선 안 되는 법

총탄 하나에 뭐 슬퍼하리!


이첨사가 앞으로 나와 말했다.

"백 사람 중 으뜸이라곤 못해도 한 사람의 충신임을 자부합니다. 소륵에서 성을 지키던 경공처럼 하늘의 감응이 있었고,[103] 적벽에서 배를 불사르던 정보처럼 힘껏 싸웠습니다.[104] 창처럼 뾰족한 자줏빛 수염 날리며 강굽이에 서면 숲처럼 빽빽한 배들이 모두 제 수하에 놓여 있었습니다. 대마도를 없애 바다를 메우고자 했거늘, 붕새의 날개가 꺾일 줄 어찌 알았겠습니까? 뿔피리 소리와 함께 넋이 날아오르니, 원한은 아득한 바다를 메웁니다."

마침내 시를 읊었다.


꾳꾳꾳꾳

103. **소륵에서 성을~감응이 있었고**  '소륵'踈勒은 한나라 때 중국 신강성新疆省에 있던 36국의 하나다. '경공'耿恭은 한나라의 무장으로, 도위都尉 벼슬을 지냈다. 경공이 흉노를 공격하고 돌아와 소륵성踈勒城에 웅거할 때 흉노가 성 옆 골짜기에서 흐르는 물을 끊어 버려, 성안에 우물을 팠으나 물이 나오지 않았다. 사람들이 목마름에 지쳐 갈 때 경공이 우물을 향하여 절하고 빌었더니 물이 솟아올랐다.

104. **적벽에서 배를~힘껏 싸웠습니다**  '정보'程普는 오吳나라의 무장으로, 우독右督 벼슬을 지냈다. 정보는 장수들 중 최연장자로, 20대의 주유周瑜를 업신여겼으나 적벽대전赤壁大戰을 수행하는 과정에서 주유에게 경복敬服하여 주유를 힘껏 보좌했다.

깊고 깊은 저 바다

그 바다 메우고도 원한이 남네.

씩씩한 마음 펼치지 못했는데

거친 파도가 허공에 솟구치네.


그러자 이수사가 일어나 청했다.

"한마음으로 나라를 위해 싸우다 죽었으면 그것으로 족합니다. 이미 지나간 일을 지금 말해 무엇하겠습니까? 여러 대인大人을 위해 제가 한번 놀이를 해 보겠습니다."

긴 허리를 굽히고 굳센 주먹에 침을 뱉더니 노 젓는 시늉을 하며 취하여 노래 불렀다.


북두칠성 기우니

밀물이 드네.

사공이여

배 띄우게.

나라가 위기에 빠져

장군 명령 지엄하네.

부상[105]이 가까워라

긴 돛을 걸자꾸나.

신판윤이 또 앞으로 나와 말했다.

"천한 제 마음은 앞서 대강 아뢴 대로입니다."

마침내 시를 읊었다.

일찍부터 온 나라에 명성을 날렸거늘
죽은 뒤엔 시비 소리 많기도 하네.
한 번 패하고 관문으로 돌아와
서글피 칼을 어루만지며 노래 부르네.

유수사가 앞으로 나와 말했다.

"영웅은 죽음을 아까워하는 게 아니라 헛된 죽음을 아까워하고, 훌륭한 장수는 신속한 용병을 귀하게 여기는 게 아니라 신묘한 용병을 귀하게 여깁니다. 생각하건대 그날 어떤 이가 늙은 나더러 겁이 많다고 꾸짖으며[106] 양을 내몰아 맨몸으로 호랑이를 잡으라고 했었지요.[107] 나라의 은혜를 받은 두세 사람이야 죽어 마땅하지만, 몰살당한 수백 수천 병사들의 참혹한 사정을 어찌 차

〰〰〰〰
105. **부상扶桑** 동해의 해 뜨는 곳. 일본을 가리킨다.
106. **그날 어떤~많다고 꾸짖으며** 임진강 방어전에서 수어사守禦使 신할申硈이 왜군의 수가 적다고 여겨 성급하게 강을 건너 공격하려고 하자, 유극량이 적의 속임수라며 극구 말렸으나 신할은 유극량을 겁쟁이라고 꾸짖었다.
107. **양을 내몰아~잡으라고 했었지요** 약한 조선 군대를 억지로 내몰아 강성한 왜적에 맞서게 한 일을 말한다.

마 말할 수 있겠습니까? 활이 꺾여 주먹을 휘두르다 왜적의 칼날에 머리가 잘려 해골이 황량한 들판에 뒹굴고 슬픔이 큰 강물에 가득합니다."

마침내 시를 읊었다.

약한 군사로 강을 등지고 노련한 적군을 치다니
계책 없는 한 사람 탓에 1만 명이 죽었네.
산하의 풀은 해마다 푸르거늘
지나는 사람들만 옛 전장을 가리키네.

김진주가 앞으로 나와 말했다.

"다행히도 밝은 하늘의 도움을 입어 성을 보전한 공적이 조금 있었는데, 칭찬과 영예가 분에 넘쳐 감격하며 목숨을 바쳤습니다. 강한 오랑캐 군대가 잠깐 우이에서 꺾였으나,[108] 윤자기의 세력이 수양성에 다시 모였습니다.[109] 포위당한 성안에서 그물로 참

---

🌿🌿🌿

108. **강한 오랑캐~우이盱眙에서 꺾였으나** 수양제隋煬帝 때 반란군의 우두머리 맹양孟讓이 장백산長白山에서부터 여러 고을을 노략질해 우이(강소성의 지명)에까지 이르자, 수나라 장수 왕세충王世充이 그 남하를 막고 대치하다가 적이 해이해진 틈을 타 기습 공격을 감행해 대승을 거두었던 일이 있다. 여기서는 왜군이 진주성 공략에 어려움을 겪어 잠시 주춤했던 일을 말한다.

109. **윤자기의 세력이~다시 모였습니다** 안녹산의 난 때 당나라 장수 장순張巡과 수양 태수睢陽太守 허원許遠이 수양성睢陽城(하남성 상구商丘의 남쪽에 있던 성)을 지키며 적장 윤자기尹子奇와 싸웠으나 끝내 성이 함락되어 모두 전사한 일이 있다. 여기서는 진주성 공략을 위해 왜군 병력이 추가 집결하여 왜군의 기세가 다시 높아졌던 일을 말한다.

새를 잡아먹고 굴을 파서 쥐를 잡아먹었으며, 방책이 다하자 말을 잡아먹었습니다. 뼈를 부러뜨려 땔감으로 삼고 자식을 서로 바꾸어 먹을지언정 왜적에게 항복할 생각은 없었습니다. 오직 성을 지키겠다는 의지만 더욱 굳어졌건만, 탄환 하나에 문득 쓰러지고 말았습니다. 임금의 은총에 보답하지 못했으니, 장렬한 마음을 다 말하기 어렵습니다."

그러고는 노래를 불렀다.


높이 솟은 바위 위의 누각[110]
아래로는 남강의 푸른 물결.
포위된 지 오래라 변방의 먼지 새까만데
하늘을 뒤흔드는 대포 소리.
의리가 태산처럼 무거우니 내 몸을 초개처럼 여겨
붉은 피로 갑옷을 물들이네.
땅은 드넓고 하늘은 높은데
회오리바람 때로 일어 울부짖누나.


이병사가 앞으로 나와 말했다.

"왜적이 운봉[111]을 대거 넘어왔을 때 명나라 장수 양원[112]이 남원을 지키고 있었습니다. 양원이 우리 병사를 지휘하여 진을 치고 지켜보고만 있기에 저는 나라의 수치를 민망히 여겨 단독으로 적진을 향해 내달았습니다. 제 수하의 병사는 30여 명뿐이었으나 성 밖의 적군은 100만이나 되었습니다. 아홉 번 공격해도 적은 끄떡없고, 적의 한 번 공격에 우리는 무너지고 말았으니 얼마나 참혹했겠습니까? 두려움을 씻지 못한 채 들판에 쌓인 시체들이 썩어 가고 있습니다."

마침내 시를 읊었다.

오래된 교룡성[113]에 남은 구름 끊기고
황량한 오작교엔 지는 햇빛 차갑네.
백골 더미 파묻혀 오랜 세월 지냈건만
꿈속에도 노여워 장부의 백발이 갓을 찌르네.

황병사가 앞으로 나와 말했다.
"하찮은 제가 부족한 재주로 고립된 진주성을 지키는 중책을 맡았습니다. 1만 깃발에 위엄 어린 바람을 일으켰으나 한 귀퉁이

111. 운봉雲峰  전라북도 남원시에 있는 지명.
112. 양원楊元  정유재란 때 참전했던 명나라 장수.
113. 교룡성蛟龍城  남원에 있는 산성山城.

에 재앙의 비가 내려 왜적의 탄환을 이마에 맞으니 왜적이 어지러이 성 위로 올라왔습니다. 하늘이 우리를 망하게 한 것이지 우리가 전투를 잘못한 탓은 아니니, 이를 어찌하겠습니까? 줄은 약한 곳에서 끊어지게 되어 있거늘,[114] 누가 나를 탓하겠습니까? 피를 삼키며 성은 기어올랐고, 상처를 싸매고 싸움터에 나섰습니다."

마침내 「성 쌓는 노래」(築城之歌)를 불렀다.


　　장맛비 열흘 이어 내리니

　　벼 이삭에 싹이 났네.

　　우뚝한 옛 성이여

　　높디높지만 무너졌네.

　　어허야 달구방아

　　힘내라 장사들아.

　　적이 기어오르면

　　우리 모두 죽으리.


김회양이 앞으로 나와 말했다.

_____

114. **줄은 약한 곳에서 끊어지게 되어 있거늘**　한유韓愈의 「장중승전 후서」張中丞傳後敍에 "줄을 당겨 끊으면 반드시 끊어지는 곳이 있게 마련이다"라는 말이 보인다.

"오른쪽 줄에는 모두 무장이 앉아 계시는데, 물정 모르는 선비가 말씀을 이어도 될지 모르겠습니다. 회양[115]은 본래 험한 곳으로 삼면이 막혀 있다고들 합니다만, 저는 당황해서 병사들을 단속하지 못했습니다. 오직 도망가지 않고 이 땅을 지키겠다는 생각으로 상에 기대앉아 죽음을 기다리며[116] 인수印綬를 손에 쥔 채 조복朝服을 피로 적셨습니다."

마침내 시를 읊었다.


　　우뚝 솟은 회산淮山과

　　넘실넘실 흐르는 회수淮水여.

　　배회하는 외로운 넋

　　세상과 내 마음 서로 어긋났네.

　　만고의 긴긴 밤에

　　누가 나를 알아줄까.

　　온서[117]의 넋이 있다면

　　나는 그를 따르리라.


꿩꿩꿩꿩

115. **회양淮陽** 강원도의 지명.
116. **저는 당황해서~죽음을 기다리며** 회양에 왜적이 쳐들어오자 관리와 병졸이 모두 달아나고, 회양 부사 김연광 홀로 성문 앞에 정좌한 채로 왜적의 칼을 받았기에 한 말.
117. **온서溫序** 한나라 때 교위校尉를 지낸 인물. 적에게 잡혀 목이 잘리기 직전에 수염을 입에 물고 "이미 적에게 잡힌 몸이 되었으니 수염이나 더럽히지 말아야 되겠다"는 말을 했다고 한다.

조제독이 앞으로 나와 말했다.

"식견이 거친 저를 사람들은 미치광이나 바보라 비웃었지만, 저는 흉악한 왜적의 추장이 조약을 맺으려 하는 속셈을 꿰뚫어 보고 대의大義를 세워 물리치라는 상소를 올렸습니다.[118] 순모[119]가 대나무 광주리를 손에 든 것은 참으로 통탄할 일이요, 서복[120]이 섶을 옮겨 놓으라 한 것이 어찌 우연한 일이겠습니까? 조정에서는 왜적이 국경을 침범했는데도 목 벨 것을 결단하지 못했으나, 오로지 임금께 충성을 다하기 위해 의병을 일으켰습니다. 날카롭고 견고한 왜적을 꺾어 상당의 함성이 하늘을 흔들었고,[121] 승승장구했으나 결국 패하고 말아 우리의 시체가 금산[122] 땅에 나뒹굴

**118. 식견이 거친~상소를 올렸습니다**  조헌은 1589년 대궐에 엎드려 상소를 올려 시정時政의 득실을 논했는데, 조정에서는 광론狂論이라 하여 조헌을 길주吉州 유배형에 처했다. 같은 해 도요토미 히데요시豊秀吉가 겐소玄蘇 등을 사신으로 보내 명나라를 치려 하니 길을 빌려 달라고 하자 조헌은 또 상소하여 겐소 등을 죽일 것을 청했고, 1591년 일본 사신이 다시 오자 조헌은 상경하여 왜적에 대비할 방책을 상소했으나 조정에서는 조헌의 건의를 모두 받아들이지 않았다. 당시 조헌은 도끼를 들고 궁궐 앞에 엎드려 상소한 것으로 유명하다.

**119. 순모郵模**  당나라 대종代宗 때 인물로, 원재元載가 권력을 농단하자 대나무 광주리와 갈대 자리를 가지고 장안長安의 동시東市에 가서 곡하였다. 사람들이 그 까닭을 묻자 "임금께 올릴 글이 있는데, 만약 글을 올리지 못할 경우 대나무 광주리에 내 시체를 담아 들에 내다 버리게 하려 한다"고 말했다.

**120. 서복徐福**  한나라 선제宣帝 때의 인물. 곽광霍光의 딸 곽씨霍氏가 황후로서 위세를 부릴 때 여러 번 상소하여 곽씨가 장차 변을 일으킬 것이니 미리 억제할 것을 청하였다. 훗날 곽씨를 폐한 뒤 곽씨 일가의 역모를 고한 신하 여럿이 상을 받았으나 서복은 아무런 상을 받지 못했다. 이에 어떤 사람이 서복을 위해 글을 올렸는데, 아궁이 가까이에 섶을 두면 불이 날 위험이 있으니 섶을 딴데로 치우라고 충고한 사람에게는 상을 주지 않고, 불이 난 후 불을 끈 사람한테만 상을 주는 것은 부당하다는 내용이었다. 이에 선제는 서복에게 비단을 하사하고 벼슬을 내렸다.

**121. 상당의 함성이 하늘을 흔들었고**  '상당'上堂은 충청북도 청주淸州의 옛 이름. 조헌이 이끈 의병이 청주를 수복했기에 한 말.

게 되었습니다. 남아는 굴하지 않으며, 의로운 죽음을 편안히 여길 따름입니다."

마침내 시를 읊었다.


공자는 살신성인[123]하라 하셨고
맹자는 사생취의[124]하라 하셨네.
성현의 글을 읽고
무엇을 배웠는가.
바람이 거세면 풀은 더욱 굳세지고
주군이 욕 당하면 신하는 목숨 던질 뿐.
우레처럼 격문을 전하며
하늘과 땅에 맹세했네.
3천 군사 모집하니
용맹한 군사 많기도 해라.
서원西原(청주)에서 대승을 거두니
여러 성에 위엄이 진동했네.
금산에서 적을 가벼이 보아
끝내 뜻을 이루지 못했네.


꽃꽃꽃

122. **금산錦山** 충청남도의 지명. 조헌은 금산 전투에서 의병들과 함께 전사했다.
123. **살신성인殺身成仁** 내 몸을 희생하여 인을 이룸.
124. **사생취의舍生取義** 목숨을 버리고 의를 취함.

세월은 흘러 흘러

썩은 뼈 무더기 속에 있네.

넋은 아직도 부끄러우니

나라의 수치 때문일세.


김창의가 앞으로 나와 말했다.

"흉악한 왜적의 침입을 당해 나라가 유린되자 미약한 내 힘을 헤아리지 않고 의병을 규합했습니다. 초야에서 한가롭게 살았거늘, 주어숙[125]처럼 나를 알아주지 않았다고 감히 말할 수 있겠습니까? 강화도의 뛰어난 지형을 경선[126]이 근거지로 삼았던 일을 배웠습니다. 오랫동안 한양漢陽의 왜적 소굴을 엿보았으나 소탕하지 못하고, 진주로 가서 성을 지킨 데에는 깊은 생각이 있었습니다. 순리를 따르는 우리를 하늘이 돕지 않아 끝내 나라를 구하지 못하고 공연히 장대한 회포만 남아 처량히 우는 귀신의 무리 속에 섞여 지냅니다."


꽃꽃꽃꽃

125. **주어숙朱厓叔** 춘추시대의 인물. 거莒나라 오공放公을 섬기다가 알아주지 않자 바닷가로 떠나 빈궁하게 살았다. 그 뒤 오공이 위기에 처하자 주어숙은 벗을 하직하고 오공에게 달려가 목숨을 바치려 했다. 벗이 그 까닭을 묻자 주어숙은 대답했다. "오공이 나를 알아주지 않아 떠났지만 지금 가지 않는다면 오공이 언제 나를 알겠는가. 나는 지금 가서 후세의 군주 중 자기 신하의 유능함을 알아보지 못하는 자들을 부끄럽게 하겠네."

126. **경선景仙** 우성전禹性傳(1542~1593)의 자字. 이황李滉의 문인으로, 문과에 급제하여 수찬修撰·응교應敎 등을 역임했다. 임진왜란이 일어나자 경기도에서 수천 명의 의병을 모집하고 강화도로 들어가 김천일 등과 합세하여 도처에서 공을 세웠다.

마침내 시를 읊었다.

밤 까마귀 울다 흩어지고 달은 성을 비추는데
황폐한 누각 터에 풀만 묵었네.
오직 대숲이 다 꺾이지 않아
해마다 비바람에 죽순이 돋아나네.

김종사가 또 앞으로 나와 말했다.

"문장으로 온 세상에 이름을 떨치고, 힘은 6균[127]의 활을 당겼
으며, 평생 뜻을 크게 가져 자잘한 범절에 얽매이지 않고 살았습
니다. 의주에서 잘못을 저질러 국법을 어긴 죄로 감옥에 갇혀 부
질없이 신기한 계책을 감추고 있다가, 임금의 은혜를 입고서 주
저 없이 위험한 곳에 나아갔습니다.[128] 추한 무리가 날뛰는 모습
을 흘겨보며 섬멸할 것을 기약했거늘 원수[129]의 패배를 구하지
못했으니, 저의 죄 또한 원수와 같습니다."

마침내 시를 읊었다.

❧❧❧❧

127. 6균鈞  180근斤. '균'은 무게 단위로 1균은 30근.
128. 의주義州에서 잘못을~위험한 곳에 나아갔습니다  1591년 김여물이 의주 목사로 있을 때 서인西
    人인 정철鄭澈의 당黨으로 몰려 파직·투옥되었다가, 임진왜란이 일어나자 왕의 특명으로 풀려나
    신립의 종사관으로 충주 방어에 나섰기에 한 말.
129. 원수元帥  신립을 가리킨다.

탄금대 아득한데 얕은 여울물 소리

외로운 신하의 불평한 마음 노래하네.

생각건대 장군의 막부에 잘못 들어가

이좌거[130]의 병법을 몇 번이나 헛되이 말했던가?

시냇가에 뼈가 씩어도 충성심 남이 있고

지하의 외로운 넋은 햇빛처럼 환하네.

감옥에 갇혀 울던 이 몸

모래밭에 뼈가 뒹굴어도 영광 아닌가.


송동래가 앞으로 나와 말했다.

"바닷가 요충지를 맡아 변방에 봉화가 잠잠했거늘, 태평하던 중에 변란이 일어나 창졸간에 사람들이 혼란에 빠졌습니다. 누구와 함께 성을 지키겠습니까? 장수[131]는 벌써 도망갔으니, 제가 어디로 가겠습니까? 성문을 굳게 닫는 수밖에. 태산이 새알을 누르는 형세라 이미 패배를 예감하고, 군신간의 의리는 무겁고 부자간의 은혜는 가볍다[132]는 편지를 집에 겨우 부쳤습니다. 저 오랑

---

※※※※

130. **이좌거李左車** 조趙나라의 장수. 한나라의 한신韓信과 장이張耳가 조나라를 치자, 이좌거는 이를 막을 계책을 진여陳餘에게 말했으나 진여는 받아들이지 않았다. 진여가 결국 대패하여 전사한 뒤, 한신은 이좌거를 수하에 거두고 그 계책을 써서 제燕·연齊의 여러 성으로부터 항복을 받았다.

131. **장수** 좌병사左兵使 이옥李鈺을 가리키는 듯하다.

132. **군신간의 의리는~은혜는 가볍다** 송상현이 죽기 전 아버지에게 보낸 편지에 들어 있는 말.

캐 왜적을 꾸짖는데 어찌 안고경[133]의 말만으로 충분하겠습니까? 그러나 어리석은 섬나라 오랑캐도 왕촉王蠋의 무덤에 흙을 덮어 줄 줄 알았습니다.[134] 나라에 충성하고자 하면서 어찌 제 몸을 아끼겠습니까?"

마침내 시를 읊었다.

지방 수령 노릇 하며 왜적 막지 못했으니
임지에서 죽고도 죄가 남았네.
신세를 3척 검에 의지하고
부모님께 두어 줄 편지를 부쳤네.
세월은 구름처럼 유유히 흐르고
쓸쓸한 마음은 푸른 바다처럼 허허롭네.
천 리 밖 외로운 넋은 돌아가지 못해
옛 성에서 홀로 비바람 맞으며 서성이네.

133. 안고경顔杲卿  당나라 현종玄宗 때의 인물. 안녹산의 난 때 상산 태수常山太守로서 안녹산에 대항하다가 패하여 사로잡혔는데, 안녹산을 향해 "누린내 나는 오랑캐놈아! 왜 나를 빨리 죽이지 않느냐?"라고 질타한 뒤 죽음을 당했다.
134. 어리석은 섬나라~알았습니다  전국시대 연燕나라가 제齊나라를 쳤을 때 연나라의 악의樂毅가 제나라의 왕촉王蠋이 어질다는 말을 듣고 그를 투항시키려 했으나, 왕촉은 "충신은 두 임금을 섬기지 않는다"는 말을 남기고 자결했다. 악의는 왕촉의 행동에 감동하여 그를 후히 장사 지내고 표창을 내렸다. 여기서는 왜군이 동래 부사 송상현의 충의에 감동하여 그를 장사 지내 준 일을 가리킨다.

임남원이 앞으로 나와 말했다.

"위태로운 시절에 외람되이 임금께 발탁되었으니, 제가 맡은 남원의 지형은 실로 우리나라의 요충지였고, 명나라 군대와 힘을 합하니 강회의 보루[135]에 비길 만했습니다. 그러나 왜적의 사다리가 어지러이 놓이더니 적병이 차츰 달무리처럼 몇 겹으로 성을 에워쌌습니다. 군대가 고립되어 세력이 미약함에 분개하고, 구원병이 끊어지고 북소리가 잦아듦을 애처로워했습니다. 임지를 지키지 못하고 전사했으니 이 땅의 신하인 제가 죽은 건 당연하지만, 양원은 힘써 싸우고도 목숨을 보전하지 못했으니[136] 국법에 유감이 있습니다."

마침내 시를 읊었다.

용맹한 군대가 중국에서 와
용성[137]을 막아 지키니 의기가 드높았네.
왜적의 사나운 공격에 비장군[138]마저 떠나니

---

135. **강회江淮의 보루**　수양성睢陽城을 말한다. 안녹산의 난 때 장순張巡이 수양성을 굳게 지켜 강남 일대의 방어선 역할을 했던 데서 유래하는 말이다.
136. **양원楊元은 힘써~보전하지 못했으니**　양원은 남원성에서 싸우다 성이 함락될 때 도망쳤기에, 명나라 조정에서는 이를 문제 삼아 그의 목을 베었다.
137. **용성龍城**　남원의 옛 이름.
138. **비장군飛將軍**　몸이 날랜 장군. 본래 흉노가 한나라 장수 이광李廣을 일컫던 말인데, 여기서는 양원을 가리킨다.

외로운 신하의 한 조각 넋만 남았네.


김원주가 앞으로 나와 말했다.

"사방 100리의 작은 고을로서 수만 명의 강한 적군을 당하려니 임기응변도 할 수 없었으며, 재계하고 경서經書를 외고 있을 수도 없어, 물러나 치악산을 지키며 여전히 부절符節을 차고 소임을 다하려 했습니다. 산이 험해 왜적이 공격하기 어려울 줄 알았으나 흙이 무너지듯 쉽사리 패하여, 고립된 성은 적에게 유린당하고 온 집안이 창칼에 쓰러지고 말았습니다.[139] 나라의 은혜를 입은 저는 만 번 죽어도 좋지만 처자식은 왜 함께 죽어야 한 건지."
마침내 시를 읊었다.


치악산 우뚝한 산성에서
백발에 붉은 인수 차고 잔병殘兵을 보존했네.
요사스러운 칼날 아래 피 흘리고 마니
차가운 시냇물만 밤낮으로 우네.


최병사가 앞으로 나와 말했다.

---

139. **온 집안이 창칼에 쓰러지고 말았습니다** 강원도 원주 치악산의 영원산성領願山城이 함락되면서 김제갑의 아내 이씨李氏와 아들 김시백金時伯이 모두 목숨을 잃었기에 한 말.

"키는 안영[140]처럼 7척이 못 되나, 마음은 이백처럼 1만 명 사내를 합한 만큼 웅대했습니다.[141] 왜적을 토벌하기 위해 호남과 영남의 의병을 규합하니, 임금께서 가상히 여겨 벼슬을 내리시고 변방을 지키라 명하셨습니다. 왜적을 물리치겠다는 적개심에 불탔으나 당랑거철螳螂拒轍에 불과하여, 성은 큰비에 무너지고[142] 저는 촉석루 높은 누각에서 몸을 던졌습니다."

마침내 부賦[143]를 지었다.


　　　섬나라 오랑캐가 미쳐서
　　　우리 땅을 함부로 쳐들어왔네.
　　　북소리에 무안의 기왓장이 진동하고[144]
　　　준의의 운하에 핏물이 흘렀네.[145]
　　　열흘 만에 언鄢과 영郢이 함락되니[146]


꽃꽃꽃꽃

140. 안영晏嬰　춘추시대 제齊나라의 어진 재상. 6척 단신이었다고 한다.
141. 마음은 이백李白처럼~합한 만큼 웅대했습니다　당나라의 시인 이백이 자기를 소개하는 글에서 "마음은 1만 명 사내를 합한 만큼 웅대하다"고 한 데서 따온 말.
142. 성은 큰비에 무너지고　당시 비가 오래 내려 성城의 흙이 무너져 내리면서 진주성의 함락이 좀 더 앞당겨졌기에 한 말.
143. 부賦　여섯 글자로 한 글귀를 이루어 대구對句를 맞추어 짓는 글.
144. 북소리에 무안武安의 기왓장이 진동하고　백기白起가 이끄는 진秦나라 군대가 북을 울리며 조趙나라에 쳐들어가자 무안(한단邯鄲의 서쪽에 있는 지명)의 기왓장이 진동했다는 말이 『사기』「염파·인상여 열전」廉頗藺相如列傳에 보인다.
145. 준의浚儀의 운하에 핏물이 흘렀네　두보杜甫의 시「추일형남秋日荊南 … 30운韻」에 나오는 말. '준의의 운하'는 하남성 개봉開封 서북쪽의 준의현浚儀縣 앞을 흐르는 운하.

임금의 수레는 파촉으로 옮겨 갔네.[147]

종묘宗廟는 적의 손아귀에 떨어지고

만백성은 울부짖으며 살육 당했네.

신하로서 무엇을 해야 하나

대의를 지켜 유유히 나아갈 일.

3척 검을 들고 날쌔게 일어서니

격문 읽은 병사들이 앞다투어 모여드네.

군대의 위용은 천지를 뒤흔들고

씩씩한 기운은 북두성을 찌르네.

임금의 조서가 내려와

옥린부를 내게 맡기셨네.[148]

팔을 내뻗어 천지에 맹세하여

왜적 무리 쓸어 버리기를 기약했네.

외로운 진주성 지키는데

왜적이 왔다 해서 어찌 떠나랴?

---

146. **열흘 만에 언鄢과 영郢이 함락되니**  '언'과 '영'은 전국시대 초楚나라의 지명. 진나라 장군 백기
　　의 군대가 열흘 만에 함락시킨 바 있다.

147. **임금의 수레는 파촉巴蜀으로 옮겨 갔네**  '안녹산의 난' 때 당나라 현종이 파촉(지금의 사천성)으
　　로 피란 갔던 것처럼 선조가 의주로 피란 간 일을 말한다.

148. **옥린부玉麟符를 내게 맡기셨네**  최경회가 전라도에서 의병을 일으켜 금산錦山·무주茂朱·창원昌
　　原·성주星州 등지에서 공을 세운 뒤 1593년 경상우도 병마절도사에 제수된 일을 말한다. '옥린
　　부'는 부절符節(돌이나 대나무, 옥 따위로 만들어 신표로 삼던 물건)을 이르는 말.

장순과 허원 같은 장수들과 호형호제하며[149]

병사들을 위로하며 종기를 빨아 주었네.[150]

적은 강한데 우리 힘 미약한 게 분하고

큰 뜻에 적은 재주 한스러웠네.

하늘이 돕지 않으니 어찌할까

우리 훌륭한 병사가 모두 쓰러졌네.

임금 계신 서쪽을 바라보며 통곡하고

손가락 잘라 옷자락에 혈서를 썼네.

100척 높은 촉석루여

외로운 넋은 갈 곳 잃었네.

봄바람 불어와 풀빛은 푸르고

가을 달 밝아 하늘은 드넓어라.

해가 가도 다하지 않는 원한

오색 무지개로 토해 내네.


고첨지가 앞으로 나와 말했다.

149. 장순張巡과 허원許遠 같은 장수들과 호형호제하며 　'장순'과 '허원'은 안녹산의 난 때 수양성을 지키다 전사한 장수들이다. 여기서는 최경회가 김천일·황진 등과 진주성에서 한마음으로 항전한 일을 말한다.
150. 종기를 빨아 주었네 　전국시대 위衛나라의 장군 오기吳起가 부하 병사의 종기 고름을 몸소 입으로 빨아낸 데서 유래한 말로, 장수가 군졸을 몹시 사랑함을 이른다.

"차라리 목숨을 버릴지언정 나라의 어려움을 지켜볼 수 없었습니다. 쫓겨났던 낭심이 공을 세운 일을 본받았고,[151] 의리를 따른 문천상[152]처럼 의병을 일으키는 격문을 전했습니다. 최치원처럼 '천하의 모든 사람이 너를 죽이고자 할 뿐 아니라 지하의 귀신들도 너를 죽이기로 의논했을 터이다'[153]라는 글귀로 황소黃巢를 울리지는 못했으나, 닭 울음소리를 듣고 한 말과 삿대를 칼로 치며 한 말[154]은 실로 충성스러운 마음을 얻어 냈습니다.[155] 병사들을 짐승 같은 왜적의 소굴로 휘몰아 다시 돌아오지 못할 길을 가게 한 것은 서글프지만, 삶을 버리고 대의를 취한 일에 대해서는 일백 번 다시 죽은들 후회가 없습니다. 더구나 두 아들[156]이 충과 효를 저버리지 않았으니 더 말할 나위가 있겠습니까."

꾸꾸꾸꾸

151. **쫓겨났던 낭심狼瞫이~일을 본받았고** 춘추시대 진晉나라의 대부 낭심이 잘못을 범해 쫓겨나 있을 때 진秦나라가 공격해 오자 몸을 바쳐 분전하다 죽으니, 진晉나라 군사가 뒤따라가 싸워 진秦나라를 대패시켰다. 여기서는 1563년 고경명이 교리校理로서 인순왕후仁順王后의 외숙부 이조판서 이량李樑의 전횡을 논하는 일에 참여했다가 그 경위를 이량에게 알려 준 사실이 발각되어 파직되었으나, 임진왜란이 일어나자 의병장으로 떨쳐 일어난 일을 말한다.
152. **문천상文天祥** 남송南宋 말의 재상으로, 호는 문산文山이다. 권신 가사도賈似道와 의견이 맞지 않아 벼슬에서 물러나 있던 중 원나라가 침입하자 의병을 일으켜 항전했다.
153. **천하의 모든~의논했을 터이다** 최치원崔致遠이 당나라 고병高騈의 종사관從事官이 되어 지은 「황소黃巢를 성토하는 격문」 중의 한 구절.
154. **닭 울음소리를~한 말** 나라를 되찾으리라는 결의를 다지는 말. 동진東晉의 조적祖逖은 한밤중에 닭 울음소리를 듣고 일어나 중원中原을 수복할 조짐이라며 기뻐서 춤을 추었고, 군사를 이끌고 북벌에 나서 양자강을 건널 때 칼로 배의 삿대를 치며 반드시 중원을 회복하고 돌아오겠노라 맹세했다고 한다.
155. **충성스러운 마음을 얻어 냈습니다** 고경명이 광주에서 의병을 모집하자 대의에 공감한 6천 명의 의병이 모여든 일을 말한다.
156. **두 아들** 고종후와 고인후.

마침내 배율[157] 한 편을 읊었다.


태평성대라 전쟁일랑 잊어버리고

변방의 신하는 관문을 닫았네.

별들은 북극성 싸고도는 법인데[158]

고래[159]가 해괴하게 동으로 치달려 오네.

고을마다 비린내가 진동하고

하늘엔 혈우血雨가 가득하네.

이릉은 백기가 불 지르고[160]

촉 땅의 잔도에는 임금 깃발 펄럭이네.[161]

세 임금[162] 섬긴 백발노인에게

한 조각 충심이 남아 있네.

격문을 전하니 해와 달이 환해지고

굳은 맹세에 천지가 진동하네.


꽃꽃꽃꽃

157. **배율排律**  한시 형식의 하나. 다섯 글자 혹은 일곱 글자로 이루어진 시구를 12개 이상 늘어놓은
시 형식.

158. **별들은 북극성 싸고도는 법인데**  천하의 질서가 중국의 천자를 중심으로 이루어짐을 말한 것이
다. 일본의 조선 침략은 이 천하의 질서를 깨뜨린 것이었다.

159. **고래**  악인이나 큰 도적을 비유하는 말. 여기서는 왜적.

160. **이릉夷陵은 백기白起가 불 지르고**  전국시대 진秦나라 백기白起의 군대가 초나라의 수도 영郢을
함락하고 종묘가 있는 이릉夷陵을 불태웠다. 여기서는 왜적이 한양을 점령한 일을 말한다.

161. **촉 땅의 잔도棧道에는 임금 깃발 펄럭이네**  당나라 현종이 '안녹산의 난'을 피해 촉으로 피란 간
일을 가리킨다. 여기서는 선조가 의주로 피란 간 일을 말한다.

162. **세 임금**  고경명이 중종中宗·명종明宗·선조宣祖 세 임금의 시대를 살았기에 한 말.

바람 불어 아득히 깃발 펄럭이고

하늘 맑아 북소리 나팔 소리 울려퍼지네.

지모가 없어 경솔히 적을 쳤지만

칼 휘둘러 은혜 갚는 일 소중했네.

적막해라 천년의 원한

처량해라 두 아들의 넋이여.

옛 싸움터에 봄 지나가니

푸른 이끼에 절로 흔적 남았네.


대장군[163]이 근심스레 눈썹을 찡그리더니 좌중을 돌아보며 말했다.

"사람은 누구나 다 죽는 법이니, 하늘에만 의지해서는 안 되오. 그대들의 말을 다 들었으니 내 슬픈 마음도 말해 보리다. 태평 시대에 살며 작은 공로도 없이 죽부를 풀고 단상에 올라[164] 임금의 밝은 지혜에 누를 끼쳤소. 오랑캐가 바다를 건너 쳐들어오자 죽을 각오를 하고는 수군을 모아 길목을 막고 바다를 지켰소. 적선 300여 척을 불사르니 그 위세를 당해 낼 자 없었고, 한산도를 지

163. 대장군  이순신을 가리킨다.
164. 죽부竹符를 풀고 단상壇上에 올라  이순신이 1589년에 정읍 현감을 그만두고 1591년에 전라좌도 수군절도사에 오른 일을 가리킨다. '죽부'는 고을 수령의 신표信標이고, '단상'은 장군의 자리를 말한다.

킨 오륙 년 동안 오랑캐가 감히 넘보지 못했소. 그러나 전쟁 중에 갑자기 장수가 바뀌니[165] 마침내 공을 이루지 못했소. 패전한 뒤에 남은 병사와 부서진 배를 다시 받아 노를 고치고 돛을 펼쳐 물살 급한 여울에서 일곱 번의 승리를 거두었소.[166] 달아나는 적을 예교[167]에서 가로막다가 장군별이 노량[168]에 떨어졌소. 아들에게 북을 울리고 깃발을 흔들라는 명을 내렸고,[169] 산과 바다를 두고 맹세하니 어룡도 감동했소."[170]

마침내 시를 읊었다.


1만 척의 배 돌보지 않고 태평세월 보내다가

6년 사이 상전벽해 되어 파란이 일었네.


※ ※ ※

165. **전쟁 중에 갑자기 장수가 바뀌니** 이순신이 1597년에 원균元均의 모함으로 서울에 압송되어 사형 판결을 받았다가 정탁鄭琢의 변호로 권율權慄의 막하幕下에서 백의종군한 일을 말한다. 이때 삼도 수군통제사의 자리는 원균의 차지가 되었다.

166. **패전한 뒤에~승리를 거두었소** 정유재란 때 원균이 참패하자 이순신이 다시 삼도 수군통제사에 임명되어 12척의 함선과 빈약한 병력을 거느리고 명량鳴梁(울돌목)에서 130여 척의 적군과 대결해 승리하는 등 큰 전과를 거둔 일을 말한다.

167. **예교曳橋** 순천 왜성順天倭城을 말한다. 해자 위에 연결 다리를 설치했기에 '예교' 혹은 '왜교' 倭橋라고 불렸다. 도요토미 히데요시가 죽자 고니시 유키나가小西行長가 이곳에 주둔하며 일본으로 철수하고자 했다.

168. **노량露梁** 경상남도 남해와 하동 사이의 바다.

169. **아들에게 북을~명을 내렸고** 이순신은 적의 총탄에 맞아 운명할 때 아들에게 방패로 몸을 가리고 곡소리를 내지 못하게 했으며, 북을 울리고 깃발을 휘두르라는 명을 내렸다.

170. **산과 바다를~어룡魚龍도 감동했소** 이순신이 지은 시 「진중에서 읊다」(陣中吟) 중 "바다 두고 한 맹세 어룡도 감동하고 / 산을 두고 한 맹세 초목도 알아주네"(誓海魚龍動, 盟山草木知)라는 구절이 있기에 한 말.

구름 갠 대마도는 총알처럼 작거늘

서리 내린 원문[171]에는 칼빛이 서늘하네.

산하를 두고 이미 맹세했나니

천지 같은 나라 은혜 갚기 어렵네.

승전고 울리기 전에 이 몸 먼저 죽으니

영웅들과 함께하며 눈물 마르지 않네.


시를 다 읊고 나니, 승장僧將이 엎드려 절하고 앞으로 나와 말했다.

"저는 본래 승려이나 다행히도 충성스럽고 용맹한 성품을 타고나서, 승복을 벗고 갑옷으로 갈아입었으며, 육계[172]를 다 잊고 법고[173]를 가져다 전고戰鼓로 삼았습니다. 제갈공명이 맹획을 일곱 번 잡았다가 일곱 번 놓아준 일[174]을 본받고자 하여 흉악한 왜적과 도처에서 싸우며 적의 소굴로 깊숙이 들어갔다가 결국 죽음의 영예를 얻었으니, 승려는 임금을 받들지 않는다는 질책[175]을 다행히 면하게 되었습니다."

꽃꽃꽃꽃

171. **원문轅門** 장수가 있는 병영兵營을 이르는 말.
172. **육계六戒** 살생하지 말라는 등 여섯 가지 불문佛門의 계율.
173. **법고法鼓** 불교 의식에 쓰는 북.
174. **제갈공명이 맹획孟獲을~놓아준 일** 칠종칠금七縱七擒. 제갈공명이 남방에 출전하여 추장 맹획孟獲을 일곱 번 잡았다가 일곱 번 놓아주어 귀복歸服시켰다는 고사.
175. **승려는 임금을 받들지 않는다는 질책** 유자儒者들이 승려를 '무군무부'無君無父(임금도 없고 아비도 없다)라고 비난했기에 한 말.

마침내 시를 읊었다.


　　외로운 넋은 돌아오지 못하는데
　　어지러이 산들은 푸르게 우뚝 솟았네.
　　이승에서 윤회설輪回說을 말하지 마오
　　저승에 갇혀 원한을 못 풀고 있으니.


대장군이 활짝 웃으며 말했다.
"이 승려는 사람이라 할 만하군. 우리 무리에 들어오기에 충분하오."
대장군이 파담자에게 화답하는 시를 지으라고 분부하자, 파담자는 즉시 붓을 휘둘러 완성했다.


　　오늘 밤은 어떤 밤인가 해는 저문데
　　탄금대에 뜬 차가운 달이 벌판을 비추네.
　　나라 위해 충성 다한 대장군이
　　한밤 탄금대에 손님들 모았네.
　　의기는 하늘을 찌르고 창검은 서늘하니
　　원문轅門의 이 즐거움 이승엔 없네.
　　일휴당[176]은 호남자요
　　제봉[177]의 마음은 옥호에 비친 얼음.[178]

늙은 태수[179]는 치악산 지켰고

임남원은 장한 계략 품었네.

송동래는 송백松柏처럼 사철 푸르고

종사관은 용과 봉황처럼 우뚝하고 기이하네.

당당한 대의를 누가 먼저 외쳤던가

호남의 으뜸이라 명성 높디높네.[180]

조제독은 본디 강개한 사람이라 기림 받았고

김회양은 본래 백면서생이었네.

3대 내리 장군인 이씨 가문 자제[181]에다

진짜 대장부 황병사가 있네.

김진주는 나라 지키다 피투성이 되고

유장군은 나라 걱정에 수염이 셌네.

사공[182]은 천지를 적실 만한 은총을 받았고

이수사의 위엄은 뱃전을 흔드네.

---

176. 일휴당日休堂  최경회의 호.

177. 제봉霽峯  고경명의 호.

178. 옥호玉壺에 비친 얼음  옥으로 만든 병에 비친 얼음. 티없이 맑고 깨끗한 마음을 비유하는 말.

179. 늙은 태수  원주 목사 김제갑을 말한다.

180. 당당한 대의를~명성 높디높네  김천일을 기리는 말이다.

181. 3대 내리 장군인 이씨 가문 자제  할아버지와 아버지가 모두 장군이었던 전라도 병마절도사 이복
남을 가리킨다. 조부는 평안도 병마절도사를 역임한 이전李戩이고, 부친은 갑산도호부사甲山都
護府使를 지낸 이준헌李遵憲이다.

182. 사공司空  삼도 도순변사 신립을 말한다.

이첨사 같은 영웅호걸 그 누군가

정만호의 담력 웅대하기도 하네.

심감사는 몸가짐이 단정하고

정동지는 풍채가 당당했네.

작은 원수는 남관 굳게 지켰고[183]

윤판사는 군자의 풍류 있었네.

박교리는 홍문관에 이름을 드날렸고

이좌랑은 궁궐에서 계책을 숙의했네.

고씨 집안 두 벽옥[184]은 난새와 나란히 날고

불당의 영규 스님은 학처럼 맑네.

천년에 이런 모임 다시 있기 어려우니

만고의 꽃다운 이름 외롭지 않네.

파담자가 큰 행운 누려

금 술 단지 맛좋은 술로 함께 즐겼네.

붓 잡고 읊조리며 성대한 일 기록하니

종이 가득 쓴 시가 구슬처럼 빛나네.

---

183. **작은 원수는 남관南關 굳게 지켰고** '작은 원수'는 신할을 말한다. 형 신립이 원수였기에 그렇게 불렸다. '남관'은 관남關南, 즉 마천령 이남의 함경남도를 말한다. 신할은 북청에서 남병사로 있었다.

184. **고씨 집안 두 벽옥璧玉** 문과에 급제한 고종후와 고인후 형제를 가리킨다.

파담자가 시를 써서 올리자 좌중의 사람들이 무릎을 치고 탄식하며 말했다.

"시어詩語는 맑고 굳건하며 의기는 격렬하고 절실하니, 족하足下의 재주는 참으로 대단하군요. 부賦를 지어 적을 물리쳤다고 하나, 시를 읊는 것이 나라를 지키는 데에는 도움이 못 되지요. 하지만 그대의 재주로 무예까지 겸비해서 활을 쏘고 말을 달린다면 못할 일이 무엇 있겠습니까? 그대의 문장은 나라를 빛내기에 족하고, 무예는 외적을 막아 내기에 충분할 겁니다. 우리는 이미 저승 사람이니 그대가 힘써 주십시오."

파담자가 일어나 감사를 표하고 말했다.

"가르침을 잘 받들겠습니다."

파담자가 작별하고 내려오니, 긴 강가에 뭇 귀신이 손뼉을 치며 웃고 있었다. 이유를 물으니 통제사 원균[185]을 기롱하는 것이었다. 원균은 살이 쪄서 배가 불룩하고, 입은 비뚤어졌으며, 얼굴은 흙빛이었다. 엉금엉금 기어 왔으나 배척당해 모임에 참석하지 못하고, 강가에 두 다리를 펴고 앉아 팔뚝을 내뻗으며 탄식할 따름이었다.

파담자가 껄껄 웃으며 원균을 조롱하고 기지개를 켜다가 깨어

---

185. **통제사統制使 원균元均**  정유재란 때 이순신을 무고하여 투옥시키고 대신 삼도 수군통제사가 되었으나 적에게 대패하여 목숨을 잃었다.

70

보니 한바탕 꿈이었다. 베개를 어루만지며 돌이켜 생각해 보니 기억이 또렷했다. 관직으로 이름을 따져 보니, 장군은 바로 이순신이고, 고첨지는 고경명, 최병사는 최경회, 김원주는 김제갑, 임남원은 임현, 송동래는 송상현, 김종사는 김여물, 김창의는 김천일, 조제독은 조헌, 김회양은 김연광, 황병사는 황진, 이병사는 이복남, 김진주는 김시민, 유수사는 유극량, 신판윤은 신립, 이수사는 이억기, 이첨사는 이영남, 정만호는 정운, 심감사는 심대, 정동지는 정기원, 신병사는 신할, 윤판사는 윤섬, 박교리는 박호, 이좌랑은 이경류, 고임피는 고종후, 고정자는 고인후, 승장僧將은 영규였다.

파담자는 뜻있는 사람이어서, 누군가 나라를 위해 죽었다고 하면 그를 위해 슬피 탄식하지 않은 적이 없다. 그 의리를 추모하기도 하고, 그 절개를 기리기도 하며, 그 공적에 감탄하기도 하고, 그 운명을 애도하기도 했다. 꿈속에서 만난 이들 모두 자신이 평소에 공경하며 우러르던 분이었으니, 이런 마음이 있었기에 이런 꿈을 꾼 것이리라.

그리하여 파담자는 제문을 짓고 변변찮은 제수를 준비해서 화악[186]에 올라 남쪽 구름을 바라보며 곡하고, 서해를 굽어보며 죽은 이들의 넋을 불러 제사 지냈다. 그 제문은 다음과 같다.

꿍꿍꿍꿍

186. **화악華岳** 화산花山. 황해도 옹진甕津에 있는 산 이름.

모년 모월 모일, 파담자는 수양산의 고사리[187]를 캐고 응벽지[188]의 물을 길어 제수를 갖추어 감히 스물일곱 분의 영전에 아뢰오니, 영령들은 아시는지요.

저는 본래 서생으로, 반평생 방 안에서 역사를 읽으며 옛사람의 충성심과 굳은 절개를 만날 때마다 책을 덮고 탄식했으나, 만고의 역사에 겨우 한두 명의 대장부를 발견했을 뿐입니다. 성대한 중국에서도 이처럼 수가 적거늘, 우리 삼한三韓은 동방예의지국이라 하나 옛날의 동이東夷에 불과한데, 위기에 닥쳐 굴하지 않고 어려움을 구하기에 힘써 섬오랑캐를 물리친 선비가 스물일곱 분이나 됩니다.

아아! 뭇 임금께서 왕위를 이어 와 한없는 터전을 만드시고 200년 동안 백성을 기르고 교화하여 이처럼 많은 선비가 나왔습니다. 삼도 수군통제사는 실로 하늘이 내린 신성한 분으로, 장군의 임무를 맡아 변경을 굳게 지키며 여섯 해 동안이나 한산도에서 바다를 장악하셨습니다. 장수를 바꾼 일은 본래 적의 음모에서 비롯된 것이지 장군께서 출정 시기를 놓쳤기 때문이 아닙니다.[189] 원균이 패전한 뒤에 아홉 척의 배와 남은 병사를 이끌고 벽파진[190]에서 대승을 거두었으니,

---

꽃꽃꽃

187. **수양산首陽山의 고사리** 백이伯夷·숙제叔齊가 캐 먹었다는 수양산의 고사리.
188. **응벽지凝碧池** 당나라 궁궐의 금원禁苑 안에 있던 연못.

그 공은 비석에 새길 만합니다. 노량 해전에서 죽음에 임해 북을 치고 깃발을 휘두르라 분부하시고 아드님이 그 명에 따랐으니, 죽은 공명이 산 중달을 달아나게 한 격[191]이라 그 계책이 참으로 기이했습니다.

고제봉高霽峯은 문장에 대해서는 칭찬하기 부족하지만, 강개한 마음으로 군사를 일으켜 온 힘을 다해 나라를 위기에서 건지고 적의 소굴에 몸을 던져 삶을 버리고 의를 취하겠다는 견고한 뜻을 바꾸지 않았습니다. 의병을 모집하는 고제봉의 격문을 읽으면 누구나 저도 모르게 눈물을 흘리게 됩니다.

최병사는 도량이 매우 커서 아무것에도 얽매임이 없었습니다. 처음에 모인 의병은 호랑이와 곰처럼 용맹했고, 의주에 계신 임금께서 높은 벼슬을 내리셨거늘,[192] 마침내 진주에서 패하여 장대한 뜻을 펼치지 못했습니다.

---

〰〰〰〰

**189. 장수를 바꾼~때문이 아닙니다** 당시 왜군은 이순신을 제거하기 위한 이간책을 써서 요시라라는 자로 하여금 거짓 정보를 흘려 조선 수군의 출동을 재촉했다. 이순신이 거짓 정보에 속지 않자 조정의 반대 세력들은 이순신이 군대를 출동시키지 않아 적장 가토 기요마사를 사로잡을 기회를 놓쳤다고 주장하여 이순신을 투옥시켰다.

**190. 벽파진碧波津** 전라남도 진도珍島의 동부 해안가에 있는 나루터. 임진왜란과 정유재란 당시 이순신이 이끄는 수군영水軍營이 있었다.

**191. 죽은 공명이~달아나게 한 격** 제갈공명이 오장원五丈原에서 위나라 사마중달司馬仲達(사마의司馬懿)의 군대와 전쟁을 벌이다가 병사病死했는데, 죽기 전에 자신의 모습을 본뜬 좌상坐像을 만들어 수레에 앉혀 살아서 지휘하는 것처럼 보이게 하라는 지시를 내렸다. 마침내 촉나라 군대가 퇴각하자 위나라 군대는 총력을 다해 추격해 오는데, 촉나라 군대가 제갈공명의 지시대로 하니 사마중달은 제갈공명이 살아 있다고 의심하여 추격을 중지시켰다. 죽은 공명이 산 중달을 달아나게 한다는 말은 여기서 유래한다.

치악산성은 하늘을 찌를 듯이 높고 험했으니, 김원주는 지형을 살펴보고 험준한 곳을 차지했습니다. 그러나 왜적이 침범하자 형세는 외롭고 군사는 피폐하여 온 집안이 칼날 아래 쓰러지니 피가 낭자했습니다.

남원은 호남의 관문으로 임남원이 지켜 웅대한 울타리가 되었고, 양원楊元의 2천여 기병이 군대의 위용을 빛냈습니다. 그러나 미친 왜적이 창궐하여 힘을 다해 독을 퍼뜨리며 까마귀와 솔개처럼 날뛰는 판에 미미한 원조마저 끊어지니, 임남원 홀로 무엇을 할 수 있었겠습니까? 남원성이 하루아침에 무너지고 말았습니다.

송동래는 속세를 초탈한 맑은 모습으로 변방의 수령이 되었다가 불의의 변을 만났으니, 한 오라기의 실로 1천 균[193]의 무게를 감당하는 형세였습니다. 철문을 굳게 닫고 천지신명께 맹세한 뒤 죽음을 앞두고 열여섯 글자[194]를 남겼으니, 보는 이마다 처절함에 목메어 울고 그 장한 모습을 서글퍼합니다.

김종사는 문과에 장원 급제했으되 40근 철퇴를 휘두르는 용

---

192. **의주에 계신~벼슬을 내리셨거늘**  의주로 피란 간 선조는 최경회가 의병장으로서 누차 공을 세우자 최경회를 경상우도 병마절도사에 임명했다.

193. **1천 균鈞**  3만 근에 해당하는 무게.

194. **열여섯 글자**  송상현이 죽기 전 아버지에게 보낸 편지 중 다음 구절을 말한다. "달무리 진 외로운 성 / 진중에서 베개 높이 베고 잠을 잡니다. / 군신간의 의리는 무겁고 / 부자간의 은혜는 가볍습니다."(孤城月暈, 列陣高枕. 君臣義重, 父子恩輕.)

력을 지녔으며, 품은 뜻이 지극히 커서 자신을 위대한 인물에 견줌이 지나쳤습니다. 죄 없이 옥에 갇혀 하릴없이 지내다가[195] 나라에 위기가 닥치자 신립 장군의 종사관이 되었으나 시운이 불리하여 한을 품은 채 목숨을 잃었습니다.

창의사는 서남쪽 요해지를 선점하여 위용을 떨쳤고, 군사를 거느리고 진주성에서 적을 막아 힘껏 싸웠으나 패하였으니, 몸은 죽었어도 이름은 길이 남았습니다.

조제독은 식견이 탁월하기 그지없어 겐소[196]가 사신으로 오던 날 이미 앞으로 벌어질 재앙을 예상하고는 도끼를 들고 궁궐 앞에 엎드려 5일 동안 간언했습니다. 가의[197]와 순모[198]를 사람들 모두가 어리석다고 했지만, 그대가 어리석은지 어리석다고 하는 사람들이 어리석은지? 외침外侵 소식을 듣고 곧바로 떨쳐 일어나 힘껏 의병을 규합해 청주에서 승리를 거둔 뒤 격문을 사방으로 보냈습니다. 금산錦山에 깊이 들어갔다가 속임수에 빠져 목숨을 잃고 대사가 실패로 돌아가 큰 공적이 무너지고 말았습니다.

꽃꽃꽃꽃

195. **죄 없이~하릴없이 지내다가**  김여물이 1591년에 의주 목사를 지내던 중 서인西人 정철鄭澈의 당으로 몰려 임진왜란 때까지 의금부에 투옥된 바 있기에 한 말.

196. **겐소玄蘇**  하카타博多 세이후쿠지聖福寺의 승려로, 도요토미 히데요시의 명을 받고 조선에 왕래하면서 일본과의 수호와 통신사通信使 파견을 요구했다.

197. **가의賈誼**  한나라 문제文帝 때 가의가 「치안책」治安策을 올려 시정時政에 대해 논했으나 받아들여지지 않았다.

198. **순모郵模**  주119 참조.

김회양은 훌륭한 분으로, 조복朝服을 입고 인수印綬를 찬 채 회양성을 지켜 떠나지 않았습니다. 백면서생이라 비록 적을 무찌르지는 못했지만 자기 몸을 더럽히지 않았으니, 회수[199]는 맑고 고요합니다.

황병사는 성안 모든 이의 두터운 신망을 받았으며, 방패를 들고 성 위에 올라 활시위를 당겨 적을 쏘았으나 부하 장수와 함께 쓰러지고 마니 북소리도 힘을 잃었습니다.

이병사는 고립된 성이 위태로워지자 기병騎兵 몇을 거느리고 적진을 향해 달려 위험에 아랑곳하지 않고 귀한 몸을 가벼이 내던졌으니, 비겁함을 부끄럽게 여겼기 때문입니다.

당당하도다, 김진주여! 진주를 힘껏 지킨 이가 누구입니까? 공훈이 높아 보답도 융숭했으니, 임금께서는 "아아! 이 나라의 간성干城이 무너졌구나. 장순張巡과 허원許遠의 혁혁한 업적을 보지 못한 것이 한이다"라고 말씀하셨습니다.

유수사는 노련한 장수로, 말가죽에 자기 시신을 담을 각오로 싸웠으나 임진강 전투에서 패하여 화살이 다하자 전사하고 말았으니, 진실로 자신의 뜻대로 살다 갔습니다.

신공의 배수진은 임금의 큰 은혜에 보답하지 못한 계책이었습니다. 그 자신의 죽음은 당연한 것이었으나 8천 명의 군

---

199. 회수淮水 강원도 회양군 일대에 흐르는 강.

센 병사들은 왜 헛되이 죽어야 했습니까?

이수사는 참으로 백 사람 중 으뜸가는 이였으며, 이첨사는 8척의 호남이요, 정만호 또한 씩씩한 장부였으니, 어찌 그리 뜻과 기개가 높았던지요.

심감사와 정동지는 맑은 조정의 이름난 신하로, 궁궐에 있다가 위기가 닥치자 왕명을 받고 기꺼이 목숨을 바쳤으니, 그 마음과 행동이 똑같았습니다.

신병사는 형의 원수를 갚는 것이 얼마나 다급했기에 일각도 늦출 수 없었단 말입니까?

양친이 생존해 계시니, 슬프도다 윤판사여! 병조좌랑과 홍문관 교리는 함께 비명횡사하고 말았으니, 한 번 탄식하는 것으로 부족합니다.

고씨 가문의 빼어난 두 형제는 그 아버지를 욕되게 하지 않았으니, 하늘의 떳떳한 도리를 지켰습니다.

영규는 승려로서 기울어 가는 나라를 힘껏 붙들어 세우고자 했습니다.

아아! 저 하늘의 뜻은 헤아리기 어렵나니, 왜 이들을 세상에 냈으며 왜 그리도 빨리 앗아 간 것입니까? 원통한 기운이 하늘과 땅 사이에 가득하여 울울함을 풀 수 없으니, 우레가 치고 구름이 모이고 암울한 바람이 불어도 노여움과 서글픔을 드러내기에 부족합니다.

애석해라, 이분들은 큰 재주를 지녔음에도 문文을 숭상하고 무武를 멸시하는 시절을 살던 중 창졸간에 위급한 변고를 만나게 되어 병사가 훈련되지 않은 탓에 적을 제압하지 못했으나, 나라 위해 자신을 버려 절의를 조금도 손상하지 않았으니, 풍이·등우·이광필·곽자의[200]와 같은 자질을 지녔습니다. 만약 그중 한두 분에게 하늘이 몇 년의 수명을 더 주어 지금에 이르렀다면, 와신상담하며 복수하기 위해 국력을 기른 뒤 우리 군대를 떨쳐 일으켜 왜국 대마도의 흉악한 무리들이 두려움에 움츠러들어 다시는 감히 발호하지 못하게 했을 것입니다.

아아! 죽은 자는 살릴 수 없고, 지난 일은 돌이킬 수 없습니다. 땅에서는 높은 산과 큰 바다가 되고 하늘에서는 북두성과 남기성[201]이 되시어, 우러러볼수록 더욱 높고 건널수록 다함이 없을 것입니다.

화산[202]의 절벽과 서해 바닷가에 깃들어 계신 혼령이시여, 돌아와 제 말에 감응하시기 바랍니다.

아아, 슬프도다! 상향尙饗.

---

200. **풍이馮異·등우鄧禹·이광필李光弼·곽자의郭子儀**  풍이와 등우는 후한後漢 광무제光武帝의 일등 공신으로, 적미赤眉의 난을 진압하는 등 큰 공을 세웠다. 이광필과 곽자의는 안녹산의 난에 큰 공을 세운 당나라의 중흥 공신이다.
201. **남기성南箕星**  4개의 별로 이루어진, 남방 별자리의 하나.
202. **화산花山**  주21 참조.

## 강도몽유록 미상

적멸사[1]에 선사禪師가 있었는데, 법명은 '청허'淸虛였다. 본성이 어질고 자애로우며 마음이 자비롭기 그지없어 추위에 떨고 있는 사람을 보면 옷을 주었고, 굶주린 사람을 보면 먹을 것을 주었다. 그리하여 사람들 모두가 청허를 대한大寒에 부는 봄바람이라 생각했고, 엎어 놓은 접시 속처럼 빛이 안 드는 곳까지 환히 비추어 주는 해와 같다고 여겼다.

아아! 나라가 불행하여 철마가 천지를 뒤덮자 임금은 고립되고,[2] 슬프게도 우리 백성의 절반이 적의 칼날을 받았다. 저 강도[3]는 더욱 심하게 짓밟혀 시내에 흐르는 것은 피요, 산에 쌓인 것은 뼈였지만 까마귀가 시신을 쪼아도 매장해 줄 사람이 없었다.

---

1. **적멸사寂滅寺** 충청북도 충주시 달천達川 가에 있던 절로 추정된다.
2. **철마鐵馬가 천지를 뒤덮자 임금은 고립되고** 1636년(인조 14) 병자년에 청나라 군대가 한양까지 밀고 내려와 인조仁祖가 남한산성에 피신한 일을 말한다.
3. **강도江都** 강화도江華島.

청허 선사는 주인 없는 시신을 가련히 여겨 수습해 줄 생각으로 버드나무 가지[4]를 든 채 날 듯이 강을 건넜다. 하지만 인가가 모두 폐허가 되어 의지할 곳이라곤 없었다. 연미정[5] 남쪽에 풀을 베어 움막을 짓고 그곳에서 불공을 드리며 숙식을 했다.

어느 날 밤 청허 선사는 설핏 잠이 들어 꿈을 꾸었다. 하늘과 강이 모두 파란데 수심에 잠긴 구름은 모였다 흩어졌다 하고, 서글픈 바람은 불었다 그쳤다 하며, 밤기운이 처량한 게 심상치 않았다. 선사는 석장錫杖을 짚고 달빛을 밟으며 한가로이 거닐었다.

한밤중이 되자 바람결에 전해 오는 소리가 있었으니, 노랫소리와 울음소리와 웃음소리였다. 웃고 울고 노래하는 소리를 따라가 보니 한곳에 여자들이 모여 있는 게 아닌가. 선사가 몹시 기이하게 여겨 다가가서 엿보니, 줄지어 모여 앉은 이들이 죄다 여자였다. 어여쁜 얼굴이 시들고 백발인 사람이 있는가 하면, 청춘이 아직 시들지 않아 검푸른 머리가 풍성한 사람도 있었다. 젊은 사람인지 늙은 사람인지 겉모습으로 분명히 알 수 있었지만 선후 없이 뒤섞여 앉아 성대한 모임을 가졌다. 그런데 이들 모두는 놀라고 두려워 허둥지둥하는 모습에 서글픈 기운을 띠고 있었다. 선사가 더 다가가서 자세히 보니 연약한 머리가 한 길 남짓한 밧줄

❧❧❧

4. **버드나무 가지**  관음보살의 33가지 화신化身 중 하나인 양류관음楊柳觀音이 오른손에 들고 있는 버드나무 가지는 중생의 병난病難을 없애 준다고 한다.

5. **연미정燕尾亭**  강화도 월곶리의 월곶돈대 꼭대기에 있는 정자.

에 묶이거나 한 자쯤 되는 칼날에 붙어 있는 이도 있고, 으스러진 뼈에서 피가 흐르는 이도 있고, 머리가 모두 부서진 이도 있고, 입과 배에 물을 머금고 있는 이도 있었다. 그 참혹하고 애처로운 모습을 차마 볼 수 없었고, 이루 다 기록할 수도 없었다.

한 부인[6]이 눈물을 머금고 말했다.

"나랏님이 피란했으니 그 처참함이야 말해 무엇하겠습니까. 하지만 아아, 제가 운명을 달리한 건 하늘의 뜻입니까, 귀신의 뜻입니까? 그 이유를 찾으면 이르는 답이 있으니, 바로 내 남편[7]입니다. 그 이유가 무엇인지 아십니까? 남편은 재상의 지위에 있었고 체찰사[8]의 임무를 맡았거늘 공론公論을 살피지 않고 사사로운 정에 치우쳐서 강도江都의 막중한 임무를 사랑하는 아들[9]에게 맡겼습니다. 그 아이는 부귀에 빠져 아름다운 경치나 즐기며 앞날에 대한 계책이라고는 전혀 없었으니, 군사 일에 대해 무슨 아는 것이 있었겠습니까? 강이 깊지 않은 게 아니요 성이 높지 않은 게 아니었건만, 대사를 그르치고 말았으니 죽임을 당한 것도 당

꿇꿇꿇꿇

6. **부인** 김류金瑬의 아내이자 김경징金慶徵의 어머니인 진주晉州 유씨柳氏를 말한다. 좌찬성을 지낸 유근柳根(1549~1627)의 딸이다.
7. **남편** 인조반정仁祖反正의 공신으로, 병자호란 당시 영의정이었던 김류金瑬(1571~1648)를 말한다.
8. **체찰사體察使** 국정 전반을 총괄하는 최고 관청인 비변사備邊司에서 군사 조직의 최고 책임자였던 도체찰사都體察使를 말한다. 재상이 겸임하였다.
9. **아들** 김류의 아들 김경징金慶徵(1589~1637)을 말한다. 병자호란 당시 강도 검찰사江都檢察使에 임명되어 강화도 수비의 중책을 맡았다. 그러나 무사안일로 일관하다 강화도가 함락되자 수비에 실패했다는 탄핵을 받아 사형되었다.

연한 일입니다. 그러나 아비의 잘못으로 인한 일이니 그 아이에게 무슨 책임이 있겠습니까? 아아, 운명이 기박한 제가 기꺼이 자결한 것도 당연하니 그 일은 한스러울 게 없습니다. 다만 외아들이 살아서 나라에 보답하지 못하고 죽어서도 죄가 남았으니, 천 년 동안 남을 악명을 온 바다를 기울인들 어찌 씻을 수 있겠습니까? 쌓이고 쌓인 한이 옷깃에 가득하여 하루도 잊을 날이 없답니다."

말을 다 마치기 전에 한 부인[10]이 몸을 일으키더니 옷매무새를 가다듬고 말했다.

"서방님은 자기 재주를 헤아리지 못하고 홀로 중책을 맡아 천혜의 지형만 믿고 군사 일 돌보기를 게을리했으니, 그 결과 방어에 실패한 것은 당연한 이치입니다. 온 강에 비바람이 몰아쳐 사직의 존폐가 한 귀퉁이 쇠잔한 성에 달려 있었거늘, 전군이 무너져 임금이 성 밖으로 나와 항복하기에 이르렀습니다. 아아, 이 모든 일이 강도를 수비하지 못한 데 말미암은 것이니, 사형을 당한 것은 군법에 마땅한 일입니다.

그러나 이민구[11]는 같은 책임을 졌으면서 무슨 충의를 지녔다고 목숨을 보전하여 천수를 누렸단 말입니까? 도원수[12] 김자점[13]

---

§ § §

10. **부인** 김경징의 아내 고령高靈 박씨를 말한다. 예조좌랑, 선산 부사를 지낸 박효성朴孝誠(1568~1617)의 딸이다.

84

은 나라 안의 모든 권세를 지니고 나라 안의 모든 병사를 거느렸으면서도 단 한 번의 전투도 벌이지 않았고, 그 병사들은 피 한 방울도 흘리지 않았습니다. 바위 굴에 몸을 숨기고 목숨을 부지하기만을 꾀하며 달무리[14] 안에 있는 임금을 길 가는 사람 보듯 했지만, 왕법이 시행되지 않고 도리어 은총이 더해졌습니다. 가소로운 심기원[15]은 임무를 담당할 그릇이 못 되고 앞날을 내다보는 계책이 없었거늘, 이런 자에게 막중한 임무를 맡겨 도성을 지키게 했습니다. 그러니 군신간의 의리를 완전히 잊고 제 한 몸만 빼어 환난을 피하고는 스스로 지략이 있다 여기며 거북처럼 목을 움츠리고 달팽이처럼 엎드려 지냈습니다. 이처럼 나라의 은혜를 저버렸건만 조정에서는 군법에 회부하지 않고 도리어 총애와 녹봉을 더해 주었습니다.

이런 상황에서 서방님 홀로 사형을 당했으니 어찌 원통하지 않

---

11. 이민구李敏求  생몰년 1589~1670. 병자호란 때 강도 검찰부사江都檢察副使에 임명되어 강도 검찰사 김경징과 함께 강화도 방어의 임무를 맡았다. 난이 끝난 후 책무를 다하지 못했다는 죄로 아산에 유배되었으며, 영변에 이배되었다가 1649년에 풀려났다.
12. 도원수都元帥  전시에 병권兵權을 쥐고 군대를 통할하던 임시 무관직으로, 문신이 담당했다.
13. 김자점金自點  생몰년 1588~1651. 인조반정의 공신으로, 병자호란 때 도원수의 직위에 있었다. 토산兎山 전투에서 참패한 죄로 파직되어 한양 밖으로 쫓겨나는 벌을 받았으나 1640년에 풀려나 강화 유수江華留守가 되었다. 그 후 1651년(효종 2)에 역모죄로 처형되었다.
14. 달무리  달무리는 바람이 일어날 징조로 여기는데, 여기서는 임금이 전란을 만나 피란 중에 있음을 가리키는 말로 썼다.
15. 심기원沈器遠  인조반정의 공신으로, 병자호란 때 유도대장留都大將으로서 서울을 방위하는 책임을 맡았다. 그 후 1644년(인조 22)에 역모를 꾀하다가 주살誅殺되었다.

겠습니까? 아아, 내 한 목숨 잃은 건 아까울 게 없지만, 살아 계신 백발의 시아버지[16]는 영영 자식을 잃고 말았으니, 죽은 이든 산 이든 원망하는 마음이 어찌 다르겠습니까?"

말이 끝나자마자 또 한 부인[17]이 앞으로 나왔다. 청춘의 나이에 자태가 고왔는데, 붉은 입술을 살짝 열고 뺨 위로 눈물을 흘리는 모습이 마치 서왕모[18]의 연못가에 핀 꽃이 봄바람에게 말하는 듯, 항아[19]의 월궁月宮에 있는 계수나무가 향기로운 이슬을 띤 듯했다. 부인은 근심스레 아름다운 얼굴을 숙이고 슬픈 마음을 눈물로 호소했다.

"저는 왕후[20]의 조카입니다. 화려한 비단옷을 겹겹이 입고 약질의 몸으로 비로소 혼인하여 김씨의 아들이 제 낭군이 되었으니, 원앙 이불에서 누린 즐거움이 얼마나 컸겠습니까? 봄날의 장막과 햇빛 찬란한 누각에서 부귀영화를 영원히 누릴 것을 기약했

꿊꿊꿊

16. **시아버지** 김류金瑬를 말한다.
17. **부인** 김진표金震標(1614~1671)의 아내 진주晉州 정씨를 말한다. 아버지는 경기도 관찰사를 지낸 정백창鄭百昌(1588~1635)이고, 어머니는 영돈령부사를 지낸 한준겸韓浚謙(1557~1627)의 셋째 딸 청주淸州 한씨이다. 남편 김진표는 김류의 손자, 김경징의 아들로, 청풍 군수를 지냈다. 병자호란 때 김류, 김경징, 김진표 3대의 아내가 모두 자결했는데, 『인조실록』에는 김진표가 이들에게 자결을 강요했다고 기록되어 있다.
18. **서왕모西王母** 중국 전설상의 곤륜산崑崙山에 산다는 선녀.
19. **항아姮娥** 달나라에 산다고 하는 전설 속의 선녀. 원래 예羿의 아내였는데 남편의 불사약을 훔쳐 달로 달아났다는 전설이 있다.
20. **왕후** 인조의 비 인열왕후仁烈王后(1594~1635)를 말한다. 청주 한씨로, 영돈령부사 한준겸韓浚謙의 넷째 딸이다.

거늘, 뜻밖의 전란으로 가문이 참혹한 재앙을 입었으니 저처럼 운명이 기박한 사람이 또 누가 있겠습니까? 혼이 흩어진 뒤로 인간 세상과 영원히 멀어졌으니 하늘의 뜻을 어찌하겠습니까? 다만 서방님은 인간 세계에서 모진 비바람을 맞으며 홀로 외로이 살아남았지만 사리판단에 어두워 부모님을 영원히 잃고 말았으니, 그 망극한 마음과 고생하는 모습을 제 넋 또한 잊기 어렵습니다."

말을 다 끝내기도 전에 또 한 부인[21]이 자기 마음을 토로하려고 앞으로 나오는데, 봄바람이 이미 지나가 꽃 같은 용모가 시들어 있었다. 부인은 마침내 탄식하며 말했다.

"저는 왕후의 언니요, 중신[22]의 아내입니다. 평생을 부귀 속에 살며 노래와 춤으로 긴긴 봄을 보냈으니, 오늘날 이러한 일이 있을 줄 어찌 짐작이나 했겠습니까? 아아, 제 죽음이 과연 다른 사람과 같다면 정렬貞烈이 스스로 드러나 넋 또한 빛이 날 것입니다. 그렇거늘 못난 제 자식[23]은 일 처리가 그릇되어 적의 칼날이 닥치기도 전에 저의 죽음을 강요했습니다. 스스로 자결한 것이 아니거늘 어찌 남의 말이 없겠습니까? 남이 권해서 이룬 정절을 세상이 모두 비웃고 욕하거늘, 하물며 오늘날 정문旌門을 내리는 것이

<hr />

21. **부인**  정백창의 아내 청주 한씨를 말한다. 한준겸의 셋째 딸이다.
22. **중신重臣**  남편 정백창을 말한다. 정백창은 인조반정 이후 대사간, 이조참판, 도승지, 경기도 관찰사 등 요직을 역임했다.
23. **제 자식**  정선흥鄭善興을 말한다.

무슨 소용입니까?"

말을 다 마치기 전에 또 한 사람[24]이 푸른 눈썹을 찡그리고 발그레한 얼굴을 숙인 채 원통히 탄식하며 말했다.

"천명이 이미 정해져 기박한 운명을 피하기 어려웠기에 남의 첩이 되어 청춘을 헛되이 보냈으니, 세상에 살며 무슨 즐거움이 있었겠습니까? 강도가 함락되어 비바람이 몰아치니 꽃잎이 날리고 옥이 부서지듯 내 목숨이 스러진들 조금도 가련할 것이 없습니다. 그러나 서방님은 은대[25]에서 임금을 가까이 모시며 큰 은총을 거듭 받았으니, 오늘날 가장 총애받은 신하가 서방님이 아니고 누구겠습니까? 하늘 같은 군주가 서방님을 믿고 원손 비빈妃嬪을 맡겼으면 충성을 다해 큰일을 감당할 수 있어야 했거늘, 서방님은 그런 재목이 아니었으니 꾸짖기에도 부족합니다. 다만 한스러운 것은 성문을 활짝 열고 오랑캐놈들을 끌어들여 두 손 모아 절하고 무릎을 꿇어 목숨을 구걸하기에 여념이 없었던 일이니, 최후의 결전을 벌일 생각을 어느 겨를에 했겠습니까? 아아! 저승의 염라대왕은 사람의 선악을 환히 알고 있기에, 제가 저승에 가

※※※※

24. 한 사람  윤방尹昉(1563~1640)의 첩이다. 윤방은 병자호란 때 묘사제조廟社提調로서 40여 신주神主를 받들고 강화도로 피란했다가 적병이 성 밖에 이르자 달아났다. 이후 적병이 화의和議를 청하자 성문을 열어 주어 적병으로 하여금 두 대군大君과 빈궁嬪宮을 끌어내어 남한산성으로 데려가게 만드는 어리석음을 범했다.
25. 은대銀坮  승정원承政院의 별칭. 승정원은 왕명의 출납을 맡아보던 관아.

자 중사[26]가 이렇게 염라대왕의 명을 전하더군요.

'큰 재앙이 닥쳐 자기 손으로 자결했으니 옛사람 중에도 이런 사람은 드물다. 다만 네 남편은 임금을 잊고 적에게 절하며 구차하게 목숨을 구걸했으니, 그 죄가 몹시 무거워 너 또한 연좌를 면하기 어렵다. 이 때문에 너를 지옥에 보내니 영원히 인간 세계에 환생하지 못할 것이다.'

그 말을 들은 제 슬픔이 어떠했겠습니까?"

한 부인[27]이 가슴에는 붉은 피가 얼룩지고 눈에는 눈물이 가득 고인 채 고개를 숙이고 조용히 말했다.

"시아버님의 잘못은 말하지 않는 게 도리이지만, 억울한 마음과 서글픈 정이 물처럼 용솟음쳐 막을 수 없습니다. 임금의 각별한 은혜를 입어 강도 유수江都留守가 되었으면 막중한 땅인 강도를 굳게 지켜야 마땅하거늘, 평탄한 바다와 낮은 성을 헛되이 믿고 창검을 쓸모없는 도구 보듯이 하며 나태하게 낮잠을 자고 강가 누각에서 술에 취해 누웠으니, 국가의 존망을 꿈속에선들 생각해 본 적이 있겠습니까? 짐승 같은 오랑캐들은 본래 수전水戰에 익숙지 않은 데다 뗏목을 타고 험한 풍랑을 건너려니 빨리 전진할 수

---

꿍꿍꿍꿍

26. **중사中使**  궁중에서 왕의 명령을 전하던 내시內侍.
27. **부인**  장신張紳(?~1637)의 며느리. 장유張維의 아우 장신은 인조반정의 공신으로, 병자호란 당시 강화 유수 겸 주사대장舟師大將(수군 대장)으로서 강도江都 방어의 임무를 맡았으나 전세가 불리하자 노모를 버리고 달아났다. 조정에서는 그 죄를 물어 자결하게 했다.

없었건만, 강도의 성은 적막하여 지키는 병사 하나 없었습니다. 그 많던 수군水軍은 다 어디에 있었단 말입니까? 화려하게 장식한 전함들은 헛되이 바다 안개 속에 머물러 있었습니다. 무기가 날카롭지 않은 것도 아니요 지세가 험하지 않은 것도 아니었으나, 사람들의 대처가 이러했으니 어떤 일이 벌어졌겠습니까? 강개한 장부는 오직 강후[28] 한 분뿐이었으니, 한 사람의 힘으로 어찌 일전을 벌일 수 있었겠습니까?

서글퍼라, 시아버님! 이날까지 사시며 공훈은 이루지 못하고 도리어 나라를 저버렸으니, 누구를 원망하고 누구를 탓하겠습니까? 아녀자인 저도 부끄럽기 그지없습니다."

미처 말을 다 끝내지 못했는데, 서리가 내린 듯 머리가 흰 노부인[29] 한 사람이 눈물을 흘리며 말했다.

"서방님이 살아 계실 때 죽었어야 하는데 그러지 못해 이런 때를 만났습니다. 제 아들의 일 처리가 크게 그릇되어 죽음이 멀지 않은 늙은이의 목숨이 순식간에 끊어졌습니다. 슬하의 자식들이 적의 칼날에 피 흘린 일이야 사람이 일을 잘못해 자초한 것이니 천명을 논할 것도 없습니다. 대부도[30]로 피란 가는 것이 좋은 방

❀❀❀❀

**28. 강후姜侯** 충청 수사忠淸水使 강진흔姜晉昕(?~1637)을 말한다. 강화도 갑곶에서 도하 중인 청나라 군대와 맞서 싸웠으나 패배했다. 당시 장신張紳은 강진흔의 수군을 구하러 왔다가 청나라 군대의 위세에 눌려 휘하 수군을 퇴각시켜 본래 주둔하고 있던 광성진廣城津으로 돌아갔다.
**29. 노부인** 누군지 미상.

책이었으나 강도로 들어오고 말았거늘, 주사대장舟師大將(수군 대장)은 무엇을 했고, 강도 검찰사江都檢察使는 무엇을 했단 말입니까? 주사대장은 장신이요, 강도 검찰사는 김경징이었습니다. 그렇다면 종묘사직을 호위하는 자는 무엇을 했고, 부귀영화를 좇던 자는 무엇을 했습니까? 종묘사직을 호위한 이는 충성심이 석었고, 부귀영화를 좇은 이는 하늘이 그를 엄중히 버렸습니다. 제가 이들과 무슨 관계가 있기에 제 아들은 저를 위험한 사지로 보내 제 명을 다 누리지 못하게 하고, 오로지 자기 아내만 구해 죽지 않게 했을까요? 아아, 서방님이 죽지 않았다면 저는 살 수 있었을 겁니다."

서글픈 마음을 다 토로하지 못했는데, 또 한 부인[31]이 앞으로 나섰다. 영웅의 풍모를 지닌 여장부였다. 부인은 꽃다운 얼굴과 풍성한 머리카락에 푸른 원한과 붉은 시름을 깃들인 채 비분강개한 어조로 말했다.

"사람의 수명을 헤아려 보건대 이 세상에서 살아갈 날이 얼마나 됩니까? 이르거나 늦거나 한번 죽는 것은 면할 수 없거늘 조

---

꽃꽃꽃

30. **대부도大阜島** 경기도 안산에 있는 섬.

31. **또 한 부인** 강홍립姜弘立(1560~1627)의 아내를 말한다. 강홍립은 1618년(광해군 10) 명나라에서 원병援兵을 요구하자 도원수로서 1만 3천여 명의 군사를 이끌고 출정했다가, 1619년 명·청 교체의 분기점이 된 부차富車의 전투에서 패배하여 후금後金의 포로가 되었다. 강홍립은 1627년(인조 5) 정묘호란 때 후금군의 선도先導로서 귀국하여 화의和議를 주선했으나 역신逆臣으로 몰려 관작을 삭탈당했다.

용히 죽음을 맞이하는 사람이 세상에 몇이나 있겠습니까? 아아, 자결로 정절을 지킨 부인들의 이름은 역사에 남을 것이요, 그 넓은 천당에 들어갈 것이며, 지하에서나 인간 세계에서나 모두 광채가 있을 것이니, 죽어도 죽은 게 아니요 유쾌하다면 유쾌한 일입니다. 그러나 가슴속에 한 가지 한이 남아 천 년이 지나도 잊기 어려운 것이 있으니, 바로 제 서방님 때문입니다.

서방님의 가문은 임금이 내린 옷을 입고 임금이 내린 음식을 먹으며 대대손손 지냈으니, 나라의 은혜가 중하다 할 만합니다. 그렇건만 위기에 처하자 제 할 일은 생각지 않고 오직 삶을 탐하여 기꺼이 오랑캐의 종이 되었으니, 풍채가 형편없이 되고 말았습니다. 작은 키에 무거운 짐을 등에 지고 상투는 잘라 변발을 했으니, 그 꼴이 어떠했겠습니까? 오직 구차하게 목숨을 부지할 생각으로 온갖 일을 다 했고, 정묘년(1627)에 화의和議를 주장하며 그 주선하는 일을 맡았으니, 고국에 살아 돌아온 데에는 참으로 까닭이 있었던 것입니다. 조상들의 썩은 뼈를 죗값으로 삼게 됐으니 한 시대의 비웃음거리가 되어 살아도 산 게 아닙니다. 아아, 서방님이 구차하게 목숨을 부지한 것이 어찌 제 비명횡사보다 낫다 하겠습니까?"

이어서 또 한 부인이 반짝이는 붉은 입술을 열어 옥구슬 같은 음성으로 조용히 말했다.

"하늘은 우리나라에 험준한 산천을 내렸으니, 적의 예봉銳鋒을 피할 땅이 어찌 없겠습니까? 나라의 요충지에는 결코 가서는 안 되는 법인데, 서방님이 먼 곳에 계실 때 서울에 큰 난리가 났으니, 주인 없는 아녀자가 어쩌겠습니까? 갈 곳을 모르고 사람들을 따라 성 밖으로 나왔으니, 약한 몸으로 걸음을 재촉하다 낭패한 일을 어찌 말로 다할 수 있겠습니까?

울며 배를 타고 간신히 강도에 들어와 보니, 푸른 바다가 산봉우리를 둘렀고 성벽이 구름처럼 이어져 새도 지나가기 어려운데 오랑캐 기병이 어찌 넘어올 수 있겠습니까? 그러나 뜻밖에도 흉악한 오랑캐가 강도에 쳐들어와 백주에 강화성은 경동驚動하게 됐습니다. 산천이 험하지 않은 게 아니라, 임금과 신하의 지략이 부족했기 때문입니다. 어찌 시운 탓으로 돌릴 문제이겠습니까? 사람들의 대처가 잘못되었던 것입니다. 승냥이와 호랑이 같은 오랑캐가 날뛰니 강도의 모든 사람이 유린당하고 말았습니다. 절개를 지켜 오랑캐의 칼에 쓰러졌으니, 바다 밖의 외로운 넋이 어디에 의지한단 말입니까? 수국水國의 바람과 안개 속에서 새와 함께 높이 날 뿐, 끝없는 이 슬픔은 바다와 함께 깊어만 갑니다."

비단 저삼을 입고 비췻빛 띠를 띤 백발의 노부인[32]이 좌우를 둘러보더니 두 여인을 손가락으로 가리키며 말했다.

"저기 계신 부인과 여기 있는 딸[33]은 한집에서 살다가 같은 곳

32. 노부인  미상.

에서 죽었으니 지하에서도 천년 동안 혼백이 외롭지 않겠군요. 그 점은 참 다행이라 하겠으나 어찌 원통함이 없겠습니까? 두 분 모두 청춘이고, 나는 비록 늙었다 하나 이제 겨우 쉰 살입니다. 전란이 없었다면 어찌 이날에 인간 세상을 하직했겠습니까? 아아, 서방님이여! 온 집안을 이끌고 강도에 들어왔으나 강도 땅이 적을 막아 줄 수 있답니까? 온 집안 식구가 환난을 당한 것은 서방님의 잘못된 처사 때문입니다. 황량한 풀밭을 피로 물들이고 넋이 구천에 들었으니, 인간 세상 어느 곳이든 비단 장막은 적막하고 외로운 학은 천 년 뒤에도 고향으로 돌아가지 못해[34] 동해보다 깊은 원한이 마를 날이 없습니다.

그러나 우리 세 사람은 모두 절개를 위해 죽었으니, 하늘과 땅 앞에 부끄러움이 없습니다. 인간 세상에 살아 영원히 빛을 잃은 사람은 내 동생[35]입니다. 이름난 신하의 아내로서 죽음으로 절개를 지킬 줄 몰랐으니, 참으로 한스럽습니다. 백발의 귓가에 추문이 어찌 이르겠습니까. 동생은 연지로 단장하고, 비단옷을 차려 입고, 나귀에 올라타 손수 채찍질을 하며 해질녘 봄바람 속에 모래재[36]를 넘어 오랑캐 땅으로 향했습니다. 소문이 자자하여 온 세

---

33. **저기 계신 부인과 여기 있는 딸** 정백창의 아내 한씨와 그 딸 정씨를 가리키는 듯하다.
34. **외로운 학은 천 년 뒤에도 고향으로 돌아가지 못해** 한나라 때 요동遼東 사람 정령위丁令威가 신선이 되어 천 년 만에 학이 되어 고향으로 돌아왔다는 고사에서 따온 말.
35. **내 동생** 미상.

상에 퍼졌으니, 살아 있는 것이 죽느니만 못한지라 저 역시 낯을 들지 못합니다."

좌중에 있던 한 부인은 몸이 훼손되고 뼈가 부서져 온몸에 붉은 피가 낭자하여 그 참혹한 모습이 다른 여인들과 달랐다. 부인은 눈물을 흘리며 말했다

"마니산[37]에 숨었으나 바위 굴이 깊지 않아 적의 칼날이 눈앞에 닥쳤습니다. 의리를 버리고 삶을 구하는 것이 죽느니만 못하다 여겨 절벽에서 몸을 던졌습니다. 백골이 티끌 되는 것은 기꺼이 여기므로 한스럽지 않습니다. 애석한 일은 서방님이 난세를 만나 시운과 형세를 살피지 못하고 서울에 있다가, 전란 소식에 놀라 강도로 피해 들어와 마침내 원로 재상[38]과 함께 불을 향해 뛰어드는 불나방 신세가 되고 만 것입니다. 아아! 일찍 관직에 올라 오래도록 부귀를 누린 자야 사직이 위태로운 때 절의를 지켜 죽은 것이 옳지만, 서글퍼라 제 서방님은 무슨 직책이 있기에 바다 밖의 사지로 들어갔으며, 나라로부터 무슨 은혜를 입었기에 부모님이 남겨 주신 몸을 버렸단 말입니까? 슬픔과 원망을 견딜

36. **모래재** 독립문 서북쪽 서울시 서대문구 현저동과 홍제동 사이에 있는 고개. 사현沙峴 혹은 무악재라고도 한다.
37. **마니산摩尼山** 강화도에 있는 산.
38. **원로 재상** 강화성이 함락될 때 화약에 불을 붙여 자폭한 원임 대신原任大臣 김상용金尙容(1561~1637)을 가리킨다.

수 없어 긴 한숨이 나옵니다."

한숨이 그치지 않았는데, 또 한 부인이 나섰다. 난초 같은 자태가 천하제일의 미인이었다. 비단옷이 다 젖었으니 남교에서 비 맞은 여인[39]인 듯했지만, 입안에 물을 머금은 것을 보니 바다에 빠져 죽은 이였다. 여인이 눈물을 그치고 붉은 입술을 살짝 열자 향기로운 이슬이 떨어질 듯하며 맑은 소리가 흘러나왔다. 여인은 말했다.

"서방님과 인연을 맺은 지 몇 달 만에 전란이 닥쳤습니다. 의리상 살 수 없어 바다에 몸을 던졌으니 제 넋과 뼈가 바다에 부침하고 있지만, 제가 절개를 지켜 죽음을 택한 일을 증명할 길이 없습니다. 하늘이 알고 해가 알지만, 한 조각 곧은 마음을 서방님 홀로 알지 못하여 제가 살아서 오랑캐 땅으로 들어갔나 의심하기도 하고 피란길에 죽었을까 의심하기도 한답니다. 제 외로운 넋이 서방님의 꿈속으로 날아 들어가 원통한 마음을 하소연하고 싶지만, 구천은 아득하고 인간 세계는 천 리 너머에 있으니, 이승과 저승에 나뉘어 꿈속에서라도 만날 기약이 없습니다. 말이 이에 이르자 슬픔이 가없습니다."

좌중에 있던 또 한 부인[40]은 꽃과 달처럼 용모가 아름답고 송

─────────

39. 남교藍橋에서 비 맞은 여인  당나라 전기소설傳奇小說 「배항」裵航에 나오는 운영雲英을 가리킨다. '남교'는 중국 섬서성 남전현藍田縣 동남쪽의 남계藍溪에 놓인 다리로, 배항이 이곳에서 선녀 운영을 만났다.

96

백처럼 자태가 곧았으며, 가슴속에는 의리를 품었고, 혀끝은 서릿발처럼 매서워 여인들 중에서도 탁월한 한 사람이었다. 부인은 말했다.

"나라에 훌륭한 장수가 없고 민심마저 잃었으니, 패망하여 어디로 달아난단 말입니까? 산하가 험준하기로 서촉⁴¹보다 더한 곳이 없었지만 장수다운 장수가 없고 병사다운 병사가 없으니, 등애⁴²가 한번 쳐들어오자 유선⁴³은 눈물을 흘렸습니다. 백제의 수도 부여는 성이 높고 강물이 넓어 훌륭한 요해지였으나 가무를 일삼으며 군무軍務를 살피지 않았으니, 용이 백마를 삼키자⁴⁴ 나라가 멸망에 이르렀습니다.

그렇다면 망하게 하는 것은 하늘이요, 비추어 보는 것은 땅이요, 패하는 것은 사람입니다. 사람의 지략이 좋지 않으면 무쇠로 만든 성이라도 견고하다 할 수 없고, 펄펄 끓는 물로 채운 해자도 험하다 할 수 없습니다. 더구나 저 강도는 바다 밖의 작은 섬에

ஃஃஃஃ

40. **부인** 윤선거尹宣擧(1610~1669)의 아내 공주公州 이씨를 말한다. 윤선거는 병자호란이 일어나자 강화에 피란했는데, 이듬해 강화성이 함락될 때 아내는 자결했으나 자신은 평민의 복장으로 성을 탈출하여 목숨을 건졌다. 그 뒤 윤선거가 당시 절의를 지키지 못했다고 하여 논란이 많았다.
41. **서촉西蜀** 삼국시대 촉나라가 있던 지금의 중국 사천성 일대.
42. **등애鄧艾** 삼국시대 위나라의 장수. 촉나라의 수도 성도成都를 공격하여 촉나라를 멸망시켰다.
43. **유선劉禪** 촉나라의 후주後主. 유비劉備의 아들.
44. **용이 백마白馬를 삼키자** 신라와 당나라의 연합군이 백마강을 건너 부여로 쳐들어왔다는 뜻으로, 다음의 전설에서 유래하는 말이다. 당나라 장군 소정방蘇定方이 백제를 침공하여 백마강을 건너려 하자 홀연 비바람이 크게 일어 전진할 수 없었다. 이에 소정방이 백마로 미끼를 만들어 용을 낚아 올리자 곧바로 날이 개어 군사들이 강을 건널 수 있었다.

지나지 않아 서쪽에 비하면 산다운 산이 없고 백제에 비하면 강다운 강이 없습니다. 이런 산과 이런 강을 가리켜 천혜의 험준한 요새라 일컬으며 무기와 갑옷을 쓸모없는 도구 보듯 했으니, 위험이 닥친들 누가 방비하고 환란이 일어난들 누가 막아 내겠습니까? 하루아침에 전란의 소용돌이가 일어 만백성이 유린당하고 말았으니, 저와 같이 연약한 여인의 목숨이야 어찌 보전할 길이 있겠습니까?

기꺼이 자결을 결심하고 넋이 구천에 드니, 제 이름은 이미 향기롭고 빛이 났습니다. 염라대왕이 제게 말했습니다.

'아름답도다, 그 사람이여![45] 맑은 바람처럼 깨끗하고 가을 서리처럼 매서웠으며, 천둥번개를 피하지 않고 도끼를 우습게 보았지. 갑자년의 변란[46]에 원훈[47]을 참형에 처할 것을 청했고, 정묘호란 때는 앞장서서 화의를 배척했으며, 강도를 불사르기를 청하여 떨쳐 일어날 계책을 바치고 맑은 논의를 세워 형제의 동맹[48]을

꧁꧂꧁꧂

**45. 아름답도다, 그 사람이여** 시아버지인 윤황尹煌(1571~1639)을 말한다. 윤선거의 아버지다. 1624년 부응교副應教로서 이괄의 난 때 검찰사檢察使였던 이귀李貴가 임진강 전투에서 패한 죄를 탄핵했고, 정묘호란과 병자호란 때 사간司諫으로서 후금後金과의 화의를 극력 배척했으며, 1637년 김상헌金尙憲과 정온鄭蘊이 척화신斥和臣으로 청나라 군영에 붙잡혀 가게 되자 대신 붙잡혀 갈 것을 자청했으나 허락되지 않았다.
**46. 갑자년의 변란** 갑자년, 곧 1624년에 일어난 이괄李适의 난을 가리킨다.
**47. 원훈元勳** 인조반정의 공신 이귀李貴를 가리킨다. 이괄의 반군을 임진강에서 막지 못했다고 하여 당시 탄핵을 받았다.
**48. 형제의 동맹** 정묘호란 때 후금(뒤의 청나라)과 조선 사이에 맺은 화약和約.

깨뜨렸으니, 충성심이 지극하고 선견지명이 있었던 게지. 주운[49]의 강직한 절개와 호인[50]의 대의를 계승한 이가 이 사람이 아니고 누구겠나? 이 사람이 바로 네 시아버지다. 너 역시 그 의리를 배우고 절개를 본받아 절의를 위해 죽었으니, 그 절개와 의리를 칭찬하지 않을 수 없다. 그러므로 너를 극락세계에 살게 한다.'

잠시 후 선동[51]이 갑자기 명부冥府로 들어와 염라대왕에게 말했습니다.

'이승의 전란으로 절의를 지켜 죽은 사람이 많으므로 상제上帝께서 측은히 여기시어 다음과 같이 전교傳敎하셨습니다.

〈절의를 지켜 죽은 자들의 사적을 기록한 문서를 짐이 보고자 하니, 선동은 짐의 명을 어기지 마라.〉

이 때문에 지금 제가 왔사온데 대왕께서는 허락해 주시겠습니까?'

염라대왕이 예예 하고는 즉시 문서를 손수 봉하여 공손히 천부[52]에 바쳤습니다. 상제께서 다 읽으시고 명부의 염라대왕에게 다음과 같이 명하셨습니다.

'짐이 소중히 여기는 의리를 사람들이 실천했고, 짐이 귀하게

---

꽃꽃꽃꽃

49. 주운朱雲  한나라 성제成帝 때의 강직한 신하. 목숨을 걸고 직언한 것으로 유명하다.
50. 호인胡寅  송나라 고종高宗 때의 신하로, 금金나라에 대해 주전론主戰論을 펼쳤다.
51. 선동仙童  신선 세계에서 심부름하는 아이.
52. 천부天府  옥황상제의 조정.

여기는 절개를 사람들이 지켰다. 절개를 지키고 의리를 실천한 자들은 천당으로 보내 안락을 누리게 하라. 그중에서도 특히 이씨[53]는 부인으로서 의리를 실천했으니 짐이 더욱 감탄하고 칭찬한다. 짐이 크게 기리고자 하니 명부에 두지 말고 옥허[54]로 보내서, 맑은 밤에는 월궁月宮에서 항아姮娥와 노닐고 밝은 낮에는 은하수에서 직녀와 노닐게 한다면, 정절을 환히 밝히고자 하는 염라왕의 뜻과 절의를 존숭하는 짐의 뜻을 드러내기에 어떠하겠는가?'

염라대왕은 두 번 절하고 상제의 명에 감사를 표한 뒤 제 외로운 넋을 학의 등에 태우니 9만 층의 하늘이 지척처럼 가까웠습니다. 아아! 시아버지의 덕이 아니었더라면 어찌 천부에서 신선이 되어 노닐 수 있었겠습니까?"

또 한 부인[55]은 기운이 그윽하고 태도가 정숙하여, 서리 내린 뒤의 푸른 대나무와 눈 속의 푸른 소나무 같았다. 부인은 푸른 눈썹을 찡그리며 붉은 입술을 열어 말했다.

"저는 선비의 아내입니다. 곁에서 서방님을 모신 지 겨우 반년 만에 강도로 피해 들어갔으나, 모진 바람이 달에 불어오며 오랑캐가 성안으로 난입했습니다. 그때 서방님은 역병에 걸려 침상을

---

53. 이씨 윤선거의 아내 공주 이씨.
54. 옥허玉虛 천상의 선인仙人이 사는 곳.
55. 부인 미상.

떠날 수 없었기에 제 몸을 돌보지 않고 서방님 곁에 앉아 있다가 결국 오랑캐와 맞닥뜨렸습니다. 절의를 잃는다면 짐승과 매한가지라 목을 매 자결하여 넋이 구천으로 떠났습니다. 염라대왕은 이렇게 말했습니다.

'광해조 말년에 조정이 혼탁하여 임금은 임금답지 않고 신하는 신하답지 않았다. 그러나 네 조부만은 모든 사람이 취해 있을 때 홀로 깨어 고결한 뜻을 지니고 있었다. 강도의 전란에 세상이 깜짝 놀라 절의를 잃고 살기를 도모한 자가 많았다. 그러나 너는 여자의 몸으로 능욕당하는 것을 수치로 여겨 기꺼이 죽음을 택했다. 그러하니 남녀가 앞뒤로 절의를 온전히 한 것이 조금도 차이가 없다. 앞에 조부가 있고 손녀가 그 뒤를 이었으니 얼마나 아름다운 일이냐, 얼마나 아름다운 일이냐!'

그리하여 천당으로 가서 만세토록 영원히 안락을 누리라 명하시니, 어린 나이에 죽었다 해서 한스러울 게 뭐 있겠습니까? 다만 한스러운 건 백발의 부모님과 어린 서방님이 간신히 죽음을 면해 풍진에 살아 계셔서 금슬 소리가 처량하거늘 아침저녁으로 보이지 않는 고향을 바라보게 되나니, 오동나무에 가랑비가 내려도, 모란꽃에 봄바람이 불어와도, 이별의 눈물은 마를 날이 없고 이별의 한은 더욱 커져만 갑니다. 그러니 부모님을 생각지 않고 자결한 것은 불효라 할 만하고, 서방님을 저버린 것 또한 옳지 않습니다. 아아, 저의 죄와 한이야 어찌 말할 수 있겠습니까?"

아아! 자리에 있던 모든 여인이 저마다 자기 마음을 토로하니, 한숨을 쉬는 이도 있고, 눈물을 흘리는 이도 있으며, 통곡하는 이도 있었다. 한숨 쉬고, 눈물 흘리고, 통곡한 이들은 이루 다 기록할 수 없다.

또 한 여인이 그 사이를 배회하는데, 눈썹은 초승달 같고, 눈은 샛별처럼 빛나고, 머리카락은 풍성하고 아름다워서 선녀 중의 선녀라 할 만했다. 청허 선사는 몹시 기이하게 여겨 속으로 생각했다.

'직녀가 은하수에서 내려왔나? 항아가 월궁을 떠나왔나? 만일 직녀라면 견우와 이별한 뒤 다시 만날 날을 기약하기 어려울 테니, 눈물이 옷깃에 가득할 것이요 응당 푸른 눈썹을 찡그리고 있어야 할 것이다. 만일 항아라면 외로이 긴 밤을 보내며 남편의 불사약을 훔쳐 달아난 일[56]을 후회하고 있을 테니, 어여쁜 얼굴이 상하고 응당 머리도 하얗게 셌을 것이다. 하지만 이 여인은 벽도화처럼 아름다운 얼굴에 근심 어린 빛이라곤 조금도 없으니, 직녀도 아닐 것이요 항아도 아닐 것이다. 그렇다면 대체 누구란 말인가?'

아무리 생각해도 알 수 없어 의아해하고 있는데, 그 여인이 빙그레 웃음 지으며 말했다.

"저는 기녀입니다. 노래와 춤으로 멀리까지 이름이 퍼져 청조[57]

꙳꙳꙳꙳
56. 남편의 불사약을 훔쳐 달아난 일  주19 참조.

가 소식을 전하고 나비가 향기를 탐하여 이르는 곳마다 양대[58]요, 밤마다 운우의 정이 있었으니 향락이 지극하여 즐거웠다면 즐거웠다 하겠습니다. 그러나 인간사를 돌아보건대 귀히 여길 것은 절의였으므로 하루아침에 깊은 규방에 들어앉아 비단 장막을 드리우고 한 낭군을 길이 모셔 찬결같은 마음을 가지고 살았거늘, 뜻밖의 풍파가 일어 청춘의 나이에 꽃이 지고 말았습니다.

오늘 밤의 이 훌륭한 모임은 제 분수 밖의 것인지라 저는 외람되이 곁에서 여러분의 절개를 우러르며 아름다운 말씀을 들었습니다. 여러분의 높은 절의와 아름다운 지조는 하늘이 반드시 감동할 것이요, 사람이 반드시 탄복할 것입니다. 그렇다면 죽어도 죽은 것이 아니니 무슨 한이 있겠습니까?

강도가 함락되고 남한산성이 위급해지자 임금이 어떠한 능욕을 당했습니까? 나라의 수치가 이처럼 컸지만 충성스러운 신하와 의로운 신하는 만에 하나도 없었습니다. 그러나 여기 계신 부인들은 영예로운 죽음을 택하셨으니 무슨 서글픔이 있겠습니까?"

이 말에 좌중의 여인들이 일시에 통곡했다. 그 통곡 소리가 너

---

무도 참담해서 차마 들을 수 없었다.

선사는 혹 들킬까 싶어 숲 속에 숨어 있다가 날이 밝기를 기다려 물러나왔는데, 문득 놀라 깨어 보니 한바탕 꿈이었다.

# 원생몽유록

임제

세상에 원자허[1]라는 이가 있는데, 강개한 선비다. 기개가 높고 도량이 매우 넓어 자잘한 일에 얽매이지 않았기에 세상과 잘 어울리지 못했다. 원자허에게는 나은[2]과 같은 한이 있었고, 원헌[3]처럼 견디기 어려운 가난이 있었다. 그리하여 아침 일찍 나가서 농사를 짓고, 밤늦게 돌아와 옛사람의 책을 읽었다. 벽을 뚫어 이웃집의 불빛으로 책을 읽고[4] 반딧불이를 주머니에 넣어 그 불빛으로 책을 읽으며,[5] 무슨 수를 써서라도 공부를 계속했다. 역사서

---

1. **원자허元子虛**  작자인 임제林悌 자신을 가탁假託한 허구적 인물. '자허'子虛는 한나라 때 문인 사마상여司馬相如의 「자허부」子虛賦에서 유래하는 말이다. 생육신生六臣의 한 사람인 원호元昊를 가리킨다고 보는 설도 있다. 원호의 자字가 자허子虛이다.

2. **나은羅隱**  중국 오대五代 때 오월吳越 지역의 인물. 당나라의 절도사였던 주전충朱全忠이 당나라를 무너뜨리고 후량後梁을 세운 뒤 간의대부諫議大夫 벼슬에 임명하고자 했으나 응하지 않았다.

3. **원헌原憲**  공자의 제자. 몹시 가난했던 것으로 알려져 있다.

4. **벽을 뚫어~책을 읽고**  한나라의 광형匡衡이라는 사람이 워낙 가난해 등불을 마련하지 못하자 자기 집 벽을 뚫어 이웃집의 불빛으로 글을 읽었다는 고사가 있다.

5. **반딧불이를 주머니에~책을 읽으며**  진晉나라의 차윤車胤이 반딧불이를 주머니에 넣어 그 불빛으로 글을 읽었다는 고사가 있다.

를 읽다가는 역대 왕조가 멸망의 위기에 놓여 국운이 떠나고 형세가 궁하게 되는 대목에 이를 때마다 책을 덮고 눈물을 흘렸는데, 마치 자신이 그 시대에 살아 나라가 멸망에 이르는 과정을 보며 제 힘으로 지탱하지 못해 안타까워하는 것만 같았다.

어느 한가을 밤이었다. 달빛 아래 책을 읽다가 밤이 깊자 피곤하여 책상에 기대어 잠이 들었다. 몸이 갑자기 가벼워지며 하늘하늘 떠오르더니 바람을 타고 날아가는 듯 상쾌하고, 몸에 날개가 돋아 신선이 된 듯 자유로웠다.

강가에 이르니 긴 물줄기가 굽이굽이 흐르고, 뭇 산이 이리저리 솟아 있었다. 한밤중이라 온 세상이 고요했고, 달빛은 낮처럼 환해 물결에 비친 빛이 새하얀 비단 같았다. 바람이 갈댓잎에 부딪혀 소리를 내고, 이슬은 단풍숲에 떨어졌다. 눈을 들어 서글피 바라보니 마치 천 년의 불평한 기운이 서린 듯했다. 원자허는 '휘익' 하고 길게 휘파람을 분 뒤 낭랑한 목소리로 시 한 수를 읊었다.

한 서린 긴 강물은 목메어 흐르지 못하고
갈대꽃과 단풍잎엔 우수수 찬바람 부네.
이곳은 분명 장사[6] 강가 같은데

ꙮꙮꙮꙮ
6. 장사長沙 중국 호남성湖南省의 지명. 항우項羽가 초나라 의제義帝를 이곳으로 쫓아낸 뒤 살해했다.

달 밝은 이 밤 영령英靈들은 어디서 노니나?

주위를 두리번거리며 서성이는데 문득 멀리서 발소리가 들리
더니 차츰 가까워 왔다. 이윽고 갈대꽃 우거진 곳에서 잘생긴 남
자 하나가 불쑥 나왔다. 복건[7]을 쓰고 야복[8]을 입었는데, 풍신風神
이 맑고 미목이 수려하여 수양산에서 죽은 백이·숙제[9]의 풍모가
있었다. 그 남자가 다가와 읍하고 말했다.

"자허, 왜 이리 늦으셨소? 우리 임금께서 기다리고 계시오."

자허는 이 남자가 산도깨비나 물귀신이 아닐까 깜짝 놀라서 아
무 대꾸도 하지 못했다. 그러나 외모가 빼어나고 행동이 단아하
여 저도 모르게 속으로 감탄했다.

이윽고 그 남자의 뒤를 따라 100여 걸음쯤 가니 강가에 우뚝
솟은 정자가 보였다. 정자에는 한 사람이 난간에 기대앉아 있었
는데, 임금의 옷차림이었다. 그 옆에는 다섯 사람이 임금을 모시
고 서 있었다. 이들은 모두 대부大夫의 옷을 입었는데, 품계에 따
라 차등이 있었다. 다섯 사람 모두 세상의 호걸로, 위풍이 당당하
고 풍채가 늠름했다. 이들은, 말[馬]을 못 가게 가로막거나 바다에

---

7. **복건幅巾** 도복道服에 갖추어 머리에 쓰던, 검은 천으로 만든 건巾.
8. **야복野服** 평민이 입는 옷.
9. **수양산首陽山에서 죽은 백이伯夷·숙제叔齊** 고죽국孤竹國의 왕자인 백이와 숙제는 은殷나라가 망
   하고 주나라가 서자 은나라를 향한 절의를 지켜 수양산으로 들어가 굶어 죽었다.

빠져 죽겠다는 의리[10]를 가슴에 간직했고, 하늘을 떠받치고 태양을 받드는 충성심을 뱃속에 지니고 있었으니, 이른바 나이 어린 군주의 보필을 맡길 수 있는 신하들이었다.

다섯 사람은 자허가 오는 것을 보고 모두 나와 맞이했다. 자허는 다섯 사람에게 예를 표하지 않고 먼저 임금 앞에 나아가 인사한 후, 종종걸음으로 뒷걸음질하여 자리에 선 채 모두 앉기를 기다린 다음 말석에 꿇어앉았다. 자허의 윗자리에는 복건을 쓴 이[11]가 앉았고, 그 윗자리에 다섯 사람이 차례대로 앉았다. 자허는 영문을 몰라 몹시 불안했다. 임금[12]이 말했다.

"예전부터 그대의 명성을 듣고 아름다운 풍모를 깊이 사모해 왔소. 이 좋은 밤의 만남을 이상하게 여기지 마오."

자허는 자리에서 조금 물러나 감사를 표했다.

모두 자리에 앉자, 고금의 역사에 대한 토론이 도도하게 펼쳐졌다. 복건 쓴 이가 한숨을 쉬며 말했다.

"요임금과 순임금과 탕왕湯王과 무왕武王은 만고의 죄인입니다. 후세에 음흉한 농간을 부려 왕위를 찬탈한 자들이 선양 받았다며

---

10. 말[馬]을 못 가게~빠져 죽겠다는 의리  백이·숙제의 충의와 노중련魯仲連의 의리를 말한다. 백이·숙제는 주나라 무왕武王이 은나라를 치러 나서자 무왕이 탄 말을 가로막고 그 부당함을 간언했으며, 전국시대의 노중련은 위왕魏王이 진泰나라 왕에게 제帝의 칭호를 바치고자 한다는 말을 듣자 "만약 진나라가 제帝가 된다면 나는 동해에 빠져 죽겠다"라고 말했다.
11. 복건을 쓴 이  생육신의 한 사람인 남효온南孝溫(1454~1492)을 가리킨다.
12. 임금  단종端宗(재위 1452~1455)을 말한다.

요순을 빙자하고, 신하로서 임금을 공격한 자들이 탕왕과 무왕을 명분으로 삼았습니다. 천년의 세월이 흘러 끝내 이를 막을 수 없게 되었으니, 아아, 이 네 임금이 도적의 효시입니다."

말을 미처 끝내기 전에 임금이 정색하고 말했다.

"어허, 이 무슨 말이오! 네 임금의 섬스러운 덕을 지니고 네 임금의 시대에 그렇게 행동하는 것은 옳은 일이지만, 네 임금의 성스러운 덕도 없고 네 임금의 시대도 아닌데 그렇게 행동하는 것은 잘못된 일이오. 저 네 분 임금께 무슨 죄가 있단 말이오? 그분들을 빙자하고 명분으로 삼은 자들이 도적일 뿐이오."

복건 쓴 이가 두 손 모아 절하고 머리를 조아리며 사죄했다.

"불평한 마음 때문에 저도 모르게 격분하여 언사가 지나쳤습니다."

임금이 말했다.

"사과할 것 없소. 귀한 손님이 오셨는데 다른 이야기는 그만둡시다. 달 밝고 바람이 맑은데 이 좋은 밤을 그냥 보내서야 되겠소?"

그러고는 비단 도포를 벗어 주며 강촌에서 술을 사 오게 했다. 술이 몇 순배 돌자, 임금은 잔을 들고 목메어 울며 여섯 사람에게 말했다.

"경들은 각자 자기 마음을 노래해 원통한 마음을 풀어 보는 게 어떻겠소?"

여섯 사람이 말했다.

"전하께서 먼저 노래하시면 저희들이 그 뒤를 잇겠습니다."

그러자 임금은 서글픈 표정으로 옷깃을 여미고 슬픔을 견디지 못한 채 노래를 불렀다.


　　강물은 오열하며

　　끝없이 흘러 흘러

　　내 마음도 길이길이

　　강물 따라 흐르누나.

　　살아서는 임금이요

　　죽어서는 외로운 혼

　　왕망[13]은 거짓 임금이요

　　의제[14]라고 받든 건 거짓이었네.

　　고국의 백성들은

　　항우[15]에게 다 가고

　　예닐곱 신하만 곁에 남아


---

13. **왕망王莽** 전한前漢 평제平帝 때의 재상으로, 평제를 죽이고 두 살 난 유영劉嬰을 잠시 황제로 세웠다가 선양의 형식을 빌려 스스로 황제가 되었다. 국호를 신新이라 했으나 15년 만에 후한後漢 광무제光武帝에게 패망했다. 여기서는 세조世祖를 암시한다.
14. **의제義帝** 초楚나라 회왕懷王. 항우項羽는 회왕을 의제義帝라고 높였다가 얼마 안 있어 장사長沙로 쫓아낸 후 살해했다. 여기서는 단종 자신을 가리킨다.
15. **항우項羽** 여기서는 세조를 가리킨다.

내 넋을 맡겼네.

오늘 밤이 어떤 밤이기에

강가 정자에 모였는지

물빛과 달빛에

내 마음 시름겨워

슬픈 노래 부르니

천지가 아득하네.


노래가 끝나자 다섯 사람이 저마다 절구 한 편을 읊었다. 첫째 자리에 앉은 이[16]가 읊조렸다.


어린 임금 보좌 못한 내 재주 한스러워

나라 잃고 임금 욕 당한 뒤 내 목숨도 잃었네.

하늘과 땅 앞에 부끄러워라

더 일찍 도모하지 못한 일 후회스럽네.


둘째 자리에 앉은 이[17]가 읊조렸다.

16. **첫째 자리에 앉은 이**  사육신의 한 사람인 박팽년朴彭年을 말한다.
17. **둘째 자리에 앉은 이**  성삼문成三問을 말한다.

선왕의 유명 받고 큰 은총 입었으니

위기에 처해 어찌 내 목숨 아끼리.

가련해라 몸은 죽었어도 이름은 빛나니

부자가 함께 의리를 위해 목숨 바쳤네.[18]


셋째 자리에 앉은 이[19]가 읊조렸다.


굳센 절개를 벼슬로 더럽히랴

가슴속엔 여전히 고사리 캐는 마음[20] 품었네.

내 한 몸 죽는 것쯤 애석할 것 없거늘

침에 계신 의제[21] 생각에 통곡할 뿐이네.


넷째 자리에 앉은 이[22]가 읊조렸다.


천신賤臣은 본래 담대하거늘

구차히 살겠다고 패륜을 방관하랴.


ꕔꕔꕔ

18. **부자가 함께~목숨 바쳤네**  성삼문의 아버지 성승成勝도 단종端宗 복위 모의에 가담했다가 처형되
   었기에 한 말.
19. **셋째 자리에 앉은 이**  하위지河緯地를 말한다.
20. **고사리 캐는 마음**  백이·숙제의 충절을 말한다.
21. **침郴에 계신 의제義帝**  '침'은 중국 호남성湖南省 장사長沙의 지명. 항우가 의제를 이곳에 옮긴 후
   살해했다. 여기서는 영월寧越에 추방되었다가 목숨을 잃은 단종을 가리킨다.
22. **넷째 자리에 앉은 이**  이개李塏를 말한다.

죽음 앞두고 지은 시[23] 있으니

두 마음 품은 자들 부끄러우리.


다섯째 자리에 앉은 이[24]가 읊조렸다.


서글퍼라 그날의 마음 어떠했던가

죽음이 있을 뿐 그 뒤의 명예야 논할 것 없네.

씻지 못할 천추의 한은

집현전에서 수양대군 기리는 글 지어 준 일일세.[25]


복건 쓴 이가 머리를 긁적이며 천천히 읊조렸다.


산하를 둘러보니 예전과 다른데

정자에 오르니 초나라 죄수[26]의 슬픔 일어나네.


---

23. **죽음 앞두고 지은 시**   이개는 형장으로 끌려가면서 다음의 시를 읊었다. "태평성세에는 삶이 소중
하나 / 어지러운 시대에는 죽음이 영예롭네. / 날 밝도록 잠 못 이루다 문을 나서니 / 현릉顯陵(문
종과 현덕왕후의 능)의 송백나무 꿈속에 푸르네."
24. **다섯째 자리에 앉은 이**   유성원柳誠源을 말한다.
25. **씻지 못할~지어 준 일일세**   1453년 수양대군이 김종서·황보인 등을 죽인 뒤 권력을 장악하자, 수
양대군을 추종하는 무리는 그를 중국의 주공周公에 견주며 집현전에 그 공을 포상하는 교서敎書를
짓게 했다. 당시 집현전 학사들이 모두 달아나 유성원만 자리에 있다가 협박에 못 이겨 글의 초안을
써 주었다.
26. **초나라 죄수**   『춘추좌전』에서 유래하여, 타향에서 방황하며 고향에 돌아가지 못하는 자를 일컫
는 말.

나라 잃고 놀란 마음 애간장이 찢어지고
간악한 자들에 격분하여 눈물이 흐르네.
율리[27] 맑은 바람 속에 도연명은 늙어 갔고
수양산 찬 달빛 아래 백이[伯夷]는 굶주렸네.
한 편의 야사[28]를 후세에 전하노니
천년토록 선과 악의 스승 노릇 하리라.

다 읊더니 자허에게 짓기를 권했다. 자허는 본래 강개한 사람
이라 눈물을 닦고 서글피 읊조렸다.

지난 일 누구에게 물을까
황량한 산에 저 무덤 하나뿐.
정위[29]는 깊은 한 품고 죽었고
두견새[30]는 넋 끊어져 시름겹네.
언제 고국산천 돌아갈까
오늘은 강가 정자에 노니네.

---

27. **율리栗里** 중국 강서성 팽택현彭澤縣에 있던 지명으로, 도연명陶淵明의 고향.
28. **한 편의 야사野史** 남효온이 만년에 지은 『육신전』六臣傳을 말한다.
29. **정위精衛** 전설상의 새. 전설 속의 신 염제炎帝의 딸이 동해에 빠져 죽은 뒤 이 새로 변하여 늘 서
산西山의 초목과 돌을 물어다가 동해를 메우려 했으나 뜻을 이루지 못했다고 한다.
30. **두견새** 전국시대 촉蜀나라의 망제望帝가 죽은 뒤 그 넋이 이 새로 변했다는 전설이 있다. 구슬픈
울음소리가 흡사 '불여귀거' 不如歸去(돌아가리라)라 말하는 듯하다고 한다.

몇 곡의 노래 슬프기만 한데

지는 달 아래 갈대꽃 피었네.


읊기를 마치자 모든 사람이 처연히 눈물을 흘렸다.

잠시 후에 기이한 사내 하나가 갑자기 뛰어 들어왔는데, 용감한 무인[31]이었다. 키가 몹시 크고 용맹이 절륜絶倫해 보였다. 얼굴은 짙은 대춧빛이었고 눈은 샛별처럼 빛났다. 문천상[32]의 충의와 진중자[33]의 청렴함을 간직하고 위풍이 당당하여, 보는 사람마다 공경하는 마음이 들게 했다. 무인은 임금에게 인사한 뒤 다섯 사람을 돌아보고 말했다.

"허어! 썩은 선비들과는 대사를 이룰 수 없지."[34]

그러고는 칼을 뽑더니 일어나 춤을 추며 비분강개한 어조로 슬픈 노래를 부르는데, 그 소리는 마치 큰 종이 울리는 것 같았다. 그 노래는 다음과 같다.

31. **용감한 무인** 사육신의 한 사람인 유응부兪應孚를 말한다.
32. **문천상文天祥** 남송南宋 말의 재상으로, 원나라가 침입하자 의병을 일으켜 항전했다. 원나라 세조世祖(쿠빌라이)가 벼슬하기를 권했으나 끝내 거절하고 처형되었다.
33. **진중자陳仲子** 전국시대 제齊나라 사람으로, 불의를 용납하지 않고 청렴결백하게 살았던 인물로 유명하다.
34. **썩은 선비들과는 대사를 이룰 수 없지** 남효온의 『육신전』에 따르면, 사육신은 세조가 중국 사신을 접대하는 자리에서 세조를 살해하기로 모의했다. 그러던 중 계획에 문제가 생기자 유응부는 예정대로 실행하자고 했으나 박팽년 등의 문신들은 거사를 뒤로 미루자고 했다. 그 뒤 밀고자가 나와 모의가 실패로 돌아가자 유응부는 세조 앞에서 문신들의 우유부단함을 힐난했다.

우수수 부는 바람에

나뭇잎 지고 물결 차가운데

칼 어루만지며 길게 휘파람 부니

북두성이 기울었네.

살아서는 충과 효를 다했고[35]

죽어서는 굳센 혼백 되었네.

내 마음 무엇을 닮았나

저 둥근 달을 닮았네.

아아! 애당초 함께 도모하지 말았어야지

썩은 선비 누구를 책하리.


　노래가 미처 끝나지 않았는데 달은 어둡고 구름은 수심에 잠겼고 비는 울고 바람은 한숨을 쉬더니, 별안간 벼락 치는 소리와 함께 모든 것이 순식간에 사라졌다. 자허가 깜짝 놀라 정신을 차려 보니 모두 꿈이었다.

　자허의 벗 해월거사[36]는 꿈 이야기를 듣고 슬퍼하며 말했다.

　"예로부터 군주가 사리에 어둡고 신하가 어리석어 끝내 망국에 이르고 만 일이 많았지. 지금 그 임금을 보건대 필시 현명한

─────────

35. **효를 다했고** 유응부가 어머니에게 지극한 효도를 다한 일은 『육신전』에 상세하다.

36. **해월거사海月居士** '해월'이라는 호를 가진 황여일黃汝一(1556~1622)을 가리킨다. '원자허'가 가상 인물인 만큼 '해월거사' 역시 가상 인물로 보아야 하지 않을까 하는 견해도 있을 수 있다.

군주요 그 여섯 사람 또한 모두 충성스럽고 의로운 신하로군. 이처럼 훌륭한 신하들이 이처럼 훌륭한 군주를 보필했거늘 어찌 이처럼 참혹한 일을 당했단 말인가? 아아! 어쩔 수 없는 형세 때문인가? 어쩔 수 없는 시운 때문인가? 그렇다면 시운과 형세 탓으로 돌리지 않을 수 없고, 천명으로 돌리지 않을 수 없네. 천명으로 귀결된다면 착한 자에게 복을 주고 악한 자에게 재앙을 내리는 것이 천도天道가 아니던가? 천명으로 귀결되는 것이 아니라면 어둡고 막막해서 그 이치를 알 도리가 없으니, 아득한 이 우주에 뜻있는 선비의 시름만 늘어날 뿐일세."

그러더니 율시 한 편을 지어 읊었다.


　만고에 슬픈 마음 일색이어늘

　긴 하늘에는 한 마리 새가 지나가네.

　찬 안개는 동작대³⁷ 에워싸고

　가을 풀은 장화대³⁸ 뒤덮었네.

　요순은 아득히 멀거늘

37. **동작대銅雀臺** 삼국시대 위魏나라의 조조曹操가 업성鄴城에 세운 누대. 조조는 임종 시에 자기가 죽거든 동작대에서 기악妓樂을 연주하면서 자신의 무덤인 서릉西陵을 바라보며 제사 지내라고 유언한 바 있다.
38. **장화대章華臺** 초나라의 이궁離宮 이름. 초나라 영왕靈王이 장화대를 건립하여 잔치를 일삼자 초나라 사람들이 흩어졌다고 한다.

탕왕과 무왕은 참 많기도 하지.[39]

달 밝은 상수[40] 넓기도 한데

시름 속에 「죽지가」[41]를 듣네.


해월거사는 자신의 시를 이렇게 풀이해 주었다.

"세상에 부귀를 추구하는 자가 예나 지금이나 얼마나 많던가?
그러나 시운과 형세에 규정됨에도 불구하고 명분과 의리에 비추
어 범할 수 없는 일이 존재하는 법이니, 이것이 참으로 두려운 일
이지. 만일 명분과 의리의 막중함을 헤아리지 않고 한갓 시운과
형세만을 살펴 꾀와 힘으로 상대를 이기려 한다면, 분수를 넘어
남의 자리를 빼앗는 쪽으로 귀결되지 않는 경우가 드무네. 명분
과 의리라는 것은 만고불변의 가치요, 시운과 형세라는 것은 한
때의 임시변통일 뿐이네. 임시변통을 따르고 만고불변의 가치를
버린다면 어지러운 도적이 장차 꼬리를 물고 일어날 터이니, 참

---

❦❦❦

39. **탕왕湯王과 무왕武王은 참 많기도 하지**  은殷나라 탕왕은 하夏나라 걸왕桀王으로부터 나라를 빼앗
았고, 주周나라 무왕은 은나라 주왕紂王으로부터 나라를 빼앗았다. 여기서는 탕왕·무왕의 명분을
내세워 왕위를 찬탈한 자가 많음을 지적한 말이다.

40. **상수湘水**  호남성湖南省에 있는 강 이름. 순임금이 죽자 그 두 비妃인 아황娥皇과 여영女英이 상
수에 투신했다. 또 굴원屈原이 간신의 모략으로 내쳐진 뒤 빠져 죽은 멱라수泪羅水도 이 강의 한 줄기이
다. 의제義帝 역시 상수 근처의 강에서 살해되었다.

41. **「죽지가」竹枝歌**  호남성의 완수沅水·상수湘水 일대에서 불리던 노래. 굴원이 완수·상수 일대에
살면서 이곳에서 불리던 노래를 바탕으로 9가九歌를 창작했듯, 당나라의 유우석劉禹錫도 이 지방
에 귀양 와 이곳의 노래를 바탕으로 「죽지사」竹枝詞 9수를 창작했다.

으로 두렵지 않은가!"

　자허는 "훌륭한 말이군"이라 말했다. 이에 그 전말을 기록한다.

# 남염부주지

김시습

성화[1] 연간 초기에 박생朴生이란 사람이 경주에 살았다. 박생은 유학 공부에 힘쓰던 이로, 성균관成均館에 다니고 있었으나 과거 시험에 번번이 떨어져 늘 불만스러워하며 유감을 품고 지냈다. 그러나 의기가 드높고 남의 위세에 굴하지 않는지라, 사람들은 박생을 오만하고 기개가 높은 인물이라고 여겼다. 그렇다고 해서 박생이 교만한 인물은 아니어서 직접 대면해 보면 순박하고 성실한 사람임을 알 수 있었으므로 마을 사람들 모두 그를 칭찬했다.

박생은 예전부터 늘 불교나 무속 신앙, 귀신 이야기에 의심을 품어 왔으나 확고한 생각을 가지지는 못했다. 그러다가 『중용』中庸의 가르침에 비추어 보고, 『주역』周易의 「계사전」[2]을 자세히 살핀 뒤 자신의 생각이 틀리지 않았음을 자부하게 되었다. 그럼에도

1. **성화成化**　중국 명明나라 헌종憲宗의 연호. 성화 원년元年은 조선 세조世祖 11년(1465)에 해당한다.
2. **「계사전」繫辭傳**　『주역』의 원리를 포괄적으로 설명해 놓은 글. 『주역』에 관한 최초의 본격적인 철학적 해명에 해당한다. 전통적으로 공자孔子가 저술했다고 전해 온다.

박생은 사람됨이 순박하고 중후한 까닭에 승려들과도 교유를 끊지 않아, 한유가 사귀었던 태전[3]이나 유종원이 사귀었던 손 상인[4] 같은 승려 두세 사람을 가까이했다. 승려들 역시 선비와 교유하기를 혜원이 종병과 뇌차종을 사귀고[5] 지둔이 왕탄지와 사안을 사귀듯이 하여[6] 박생과 막역한 친구가 되었다.

하루는 박생이 승려에게 천당과 지옥에 관한 이야기를 듣고는 다시 의심스러운 마음이 들어 말했다.

"천지天地는 하나의 음양陰陽일 따름이오. 그러니 천지 밖에 또 다른 천지가 있을 리 있겠소? 필시 허튼 얘기일 거요."

승려에게 묻자 그쪽 역시 속 시원한 대답을 못한 채 죄를 짓거나 덕을 쌓으면 각각 그에 따른 보답이 있다는 말로 대꾸할 뿐이었다. 박생은 그 말을 전혀 받아들일 수 없었다.

박생은 일찍이 「일리론」[7]이라는 글을 지어 스스로를 경계하며 이단의 가르침에 흔들리지 않고자 했다. 그 내용은 대략 다음과

❧ ❧ ❧

3. **한유韓愈가 사귀었던 태전太顚** 당나라의 문인 한유는 당시 황제인 헌종憲宗이 부처의 사리를 궁중으로 들여온 일이 잘못임을 간언하다가 조주潮州로 쫓겨났는데, 거기서 승려 태전과 교유했다.

4. **유종원柳宗元이 사귀었던 손巽 상인上人** 당나라의 문인 유종원이 영주永州에 있을 때 그곳의 승려 손손巽과 사귀었다. '상인'은 승려를 일컫는 말.

5. **혜원慧遠이 종병宗炳과 뇌차종雷次宗을 사귀고** '혜원'은 동진東晉의 고승高僧이고, '종병'과 '뇌차종'은 그를 따라 노닌 인물들이다. 종병은 산수화로 유명하다. 이들은 여산廬山의 동림사東林寺에서 백련사白蓮社라는 모임을 만들었다.

6. **지둔支遁이 왕탄지王坦之와 사안謝安을 사귀듯이 하여** '지둔'은 동진의 고승이고, '왕탄지'와 '사안'은 당시의 문사였는데, 서로 친교가 두터웠다.

7. **「일리론」一理論** '천하의 이치는 하나임을 밝히는 글'이라는 뜻.

같다.

들건대 천하의 이치(理)는 하나일 뿐이다.

하나란 무엇인가? 둘이 아니라는 말이다. 이치라는 것은 무엇인가? 본성(性)을 말함일 따름이다. 본성이란 것은 무엇인가? 하늘이 명한 바를 말한다. 하늘이 음양오행으로 만물을 낳으며, 기운(氣)으로 형태를 이루게 하고, 저마다 이치(理)를 가지게 하였다.

이른바 이치라는 것은 일상 속의 세상만사가 저마다 법칙을 가짐을 말한다. 아버지와 아들의 관계로 말하면 친애함을 다하는 것을 이르고, 임금과 신하의 관계로 말하면 의리를 다하는 것을 이른다. 남편과 아내의 관계, 윗사람과 아랫사람의 관계에 있어서도 각자가 마땅히 가야 할 길이 반드시 있다. 이것이 곧 이른바 '도'(道)다.

이치는 내 마음에 갖추어져 있다. 그 이치를 따르면 어디 간들 편안하지 않음이 없다. 이치를 거스르고 본성으로부터 어긋나면 재앙이 이른다. 궁리진성[8]이란 이러한 이치를 궁구한다는 뜻이요, 격물치지[9]란 이러한 이치를 탐구한다는

8. **궁리진성窮理盡性** 이치와 본성을 궁구함.
9. **격물치지格物致知** 사물의 이치를 탐구하여 앎을 이룸.

뜻이다.

사람이 세상에 태어날 적에 이러한 마음을 갖지 않은 이가 없고 이러한 본성을 갖추지 않은 이가 없으며, 천하의 만물 또한 이러한 이치를 갖지 않은 것이 없다. 신령스러운 마음으로 타고난 본성을 따라 사물에 나아가 이치를 탐구하고 각각의 일에 따라 그 근원을 추적하여 궁극에 이르기를 구한다면 천하의 이치 가운데 환하게 드러나지 않는 것이 없으며, 지극한 이치는 사람의 마음에 간직되어 있지 않은 것이 없다. 이로써 미루어 보건대, 천하와 국가는 마음에 포괄되지 아니함이 없고, 마음에 합치되지 아니함이 없다.

천지에 참구해도 어긋나지 않고, 귀신에게 물어보아도 틀린 게 없으며,[10] 고금의 역사를 거쳐 오면서도 영원불멸한 것은 오직 하나의 이치이다. 유자儒者의 할 일은 오직 이것을 궁구하는 데 있을 따름이다.

천하에 어찌 두 개의 이치가 있을 수 있단 말인가? 저 이단의 학설을 나는 믿을 수 없다.


하루는 방 안에서 밤에 등불을 켜고 『주역』을 읽다가 베개에 기대어 설핏 잠이 들었다. 홀연 어느 나라에 도착했는데, 큰 바다

10. 천지에 참구參究해도~틀린 게 없으며 『중용』中庸에 나오는 말.

한가운데 있는 섬나라였다.

그곳 땅에는 풀도 나무도 없었고, 모래나 자갈도 없었다. 밟히는 것이라곤 모두 구리 아니면 쇠였다. 낮에는 맹렬한 불꽃이 하늘까지 뻗쳐서 대지가 모두 녹아내릴 듯했고, 밤에는 서쪽으로부터 서늘한 바람이 붉어와 뼈와 살이 바늘에 찔린 듯 아려 고통을 견딜 수 없었다.

쇠로 이루어진 절벽이 해안선을 따라 성벽처럼 늘어서 있는 가운데 쇠로 만든 거대한 문 하나가 굳게 잠겨 있었다. 사람을 잡아먹을 듯이 무시무시한 얼굴의 문지기가 창과 쇠몽둥이를 들고 성문을 지키고 있었다. 성문 안에 사는 사람들은 쇠로 집을 짓고 살았다. 낮에는 살이 문드러질 듯이 뜨겁고 밤에는 살이 찢어질 듯이 추웠기에 아침저녁으로만 꾸물거리며 웃고 떠들었으나, 그렇다고 특별히 고통스러운 것 같지는 않았다.

박생이 놀랍고도 두려워 문 앞에서 우물쭈물하고 있는데, 문지기가 소리쳐 박생을 불렀다. 박생이 경황없는 중에 부름을 거역하지 못하고 겁이 나서 몸을 잔뜩 웅크린 채 문지기에게 다가갔다. 문지기는 창을 곧추세우고 물었다.

"뭐하는 사람이오?"

박생은 벌벌 떨면서 대답했다.

"조선 경주에 사는 박 아무개입니다. 어리석은 일개 선비가 감히 신령스러운 나리께서 계시는 곳을 침범했습니다. 죄 받아 마땅하고 벌 받아 마땅하오나 너그러이 용서해 주시길 빕니다."

엎드려 절하기를 거듭하며 무례하게 침범한 점에 대해 용서를 빌었다. 그러자 문지기가 말했다.

"선비라면 마땅히 어떤 위세에도 굴하지 않아야 하거늘 그대는 왜 이리 비굴하게 군단 말이오? 우리가 식견 있는 군자를 만나 보고자 한 지 오래되었소. 우리 임금 역시 그대 같은 사람을 만나 동방에 뭔가 알릴 말씀이 있다고 하셨소. 잠깐 앉아 보시오. 그대가 왔다는 소식을 임금께 아뢰고 올 테니."

문지기는 말을 끝내자마자 빠른 걸음으로 들어가더니 잠시 후에 나와 말했다.

"임금께서 편전[11]에서 그대를 맞이하겠다고 하시오. 그대는 아무 거리낌 없이 바른말로 대답해야지 우리 임금의 위엄에 눌려 하고 싶은 말을 숨겨서는 안 될 것이오. 그래야 우리나라 인민들도 큰 도의 요체를 들어 볼 수 있을 것 아니겠소."

이윽고 검은 옷을 입은 동자와 흰 옷을 입은 동자가 각각 문서를 들고 나왔다. 문서 하나는 검은 종이에 푸른 글씨가 적혀 있었고, 다른 하나는 흰 종이에 붉은 글씨가 적혀 있었다. 동자들이 박생 앞에 문서를 펼쳐 보여 주었다. 박생이 붉은 글씨가 적힌 문서를 보니 자신의 이름이 있었는데, 다음과 같이 적혀 있었다.

꽃꽃꽃

11. **편전便殿** 임금이 평상시에 거처하는 궁전.

130

현재 조선에 사는 박 아무개는 현생現生에 지은 죄가 없으므로, 마땅히 이 나라의 인민이 될 수 없다.

박생이 물었다.

"제게 보여 준 문서가 무엇입니까?"

동자가 말했다.

"검은 종이의 문서는 악인의 이름을 적은 명부名簿이고, 흰 종이의 문서는 선인의 이름을 적은 명부입니다. 선인 명부에 이름이 오른 분은 우리 임금이 선비를 초빙하는 예로써 맞이하고, 악인 명부에 있는 자는 비록 죄를 더 주지는 않지만 종을 대하는 법에 따라 대우합니다. 임금께서 선비를 보신다면 지극한 예로 맞이하실 겁니다."

그렇게 말하고는 명부를 가지고 안으로 들어갔다.

이윽고 눈 깜짝할 사이에 바람이 끄는 신거神車가 나타났다. 그 위에는 연꽃 모양의 좌석이 있었다. 예쁜 동자와 아리따운 여인이 먼지떨이와 양산을 받쳐 든 채 박생 곁에 서고, 무장한 병사들이 창을 휘두르며 "물렀거라!" 소리쳐 길을 열었다.

박생이 이마에 손을 대고 바라보니 저 멀리 쇠로 만든 세 겹의 성이 보였다. 높디높은 궁궐이 황금으로 이루어진 산 아래 있었고, 화염이 하늘에 닿도록 활활 타오르고 있었다. 길가를 돌아보니 사람과 짐승들이 화염 속에서 녹아내린 구리와 쇠를 진흙 밟

듯이 밝고 다녔다. 그러나 박생의 앞으로 난 수십 걸음 정도의 길은 대리석을 깐 것처럼 반듯했고, 녹아내린 쇠나 맹렬한 불길이 전혀 없었다. 신령스러운 힘으로 그렇게 바꾸어 놓은 듯했다.

왕이 사는 성에 도착하자 사방의 문이 활짝 열려 있었다. 연못이며 정자의 모습이 인간 세계의 것과 다름이 없었다. 미인 두 명이 나와서 박생에게 절하더니 양쪽에서 부축하여 궁궐 안으로 인도했다.

왕은 통천관[12]을 쓰고 옥으로 만든 띠를 두른 채 규[13]를 잡고서 계단을 내려와 박생을 맞이했다. 박생이 땅에 엎드려 감히 올려다보지 못하자, 왕이 말했다.

"우리는 사는 땅이 달라 서로 간섭할 수 없거늘, 이치를 깨달은 군자가 어찌 위세에 눌려 몸을 굽힌단 말이오?"

그러고는 박생의 소매를 잡아 왕좌가 있는 단상 위로 오르게 했다. 단상에는 박생이 앉을 의자가 따로 마련되어 있었는데, 옥으로 만든 팔걸이가 달린 황금 의자였다.

왕과 박생이 자리를 정해 앉자, 왕이 시종을 불러 차를 내오게 했다. 박생이 곁눈질로 보니 차는 구리를 녹여 만든 것이고, 과일은 쇠구슬이었다. 박생은 놀랍고도 두려웠으나 피할 도리가 없어

---

12. **통천관通天冠** 임금이 쓰는 관.
13. **규珪** 위가 둥글고 아래가 모난 길쭉한 옥으로 만든 홀笏. 나라에 큰 일이 있을 때 왕이 이것을 손에 잡고 나와 신표信標로 삼았다.

그들이 하는 대로 가만히 보고 있었다. 앞에 내온 것은 향기로운 차와 먹음직스러운 과일로, 그 향기가 모락모락 궁궐 안을 가득 채우고 있었다.

차를 다 마시고 왕이 말했다.

"선비는 여기가 어딘지 모르시겠수? 여기가 바로 염부주[14]란 곳이오. 궁궐 북쪽에 있는 산은 바로 옥초산[15]이라오. 이 섬은 남쪽에 있기에 남염부주南炎浮洲라 부르오. '염부'라는 것은 화염이 활활 타올라 항상 하늘 위에 떠 있으므로 붙인 이름이오.

내 이름은 염마[16]라고 하는데, 화염에 휩싸여 있다고 해서 붙인 이름이오. 이 땅의 임금이 된 지도 벌써 만 년이 넘었구려. 수명이 길고 신령스러워 마음 가는 대로 모든 일에 신통하고, 하고자 마음만 먹으면 뜻대로 되지 않는 일이 없소. 창힐[17]이 문자를 만들었을 때에는 우리 인민을 보내 곡하였고, 석가釋迦가 성불成佛할 때에는 우리 무리를 보내 보호해 주었소. 삼황[18]·오제[19]와 주공周

༺༻༺༻

14. **염부주炎浮洲** 수미산須彌山을 둘러싸고 있는 사방의 바닷속에 사대주四大洲가 있는데, 동쪽은 승신주勝身洲, 서쪽은 우화주牛貨洲, 남쪽은 염부주, 북쪽은 구로주俱盧洲라 한다고 한다. 이 염부주 아래에 염라국閻羅國이 있다고 한다.
15. **옥초산沃焦山** 큰 바닷속에 있다는 상상의 산. 바닷물이 증가하지 않는 것은 이 산이 바닷물을 흡수하기 때문이라고 한다. '옥초沃焦'는 바다 밑에 있는, 물을 흡수하는 돌 이름인데, 그 아래에 있는 무간지옥無間地獄의 불기운으로 말미암아 늘 뜨겁게 타고 있다고 한다.
16. **염마燄摩** 산스크리트어 '야마'Yama의 한자 표기. 브라만교의 야만 신神이 불교에 혼입된 것이다. '염라'閻羅나 '염마'閻魔로도 표기한다.
17. **창힐蒼頡** 중국 고대의 전설적인 제왕인 황제黃帝의 신하로, 새와 짐승의 발자국을 본떠서 처음으로 문자를 만들었다고 한다.

公·공자孔子에 대해서는 이들이 도를 가지고 자신을 지켰기에 내가 그 사이에서 보탬을 줄 것이 없었소."

박생이 물었다.

"주공과 공자와 석가는 어떤 분입니까?"

왕이 대답했다.

"주공과 공자는 중국 문명 세계의 성인聖人이고, 석가는 서역西域(인도)의 간흉 가운데 성인이오. 문명사회가 비록 밝다 하나 사람의 본성에 순수하고 잡박한 차이가 있으므로 주공과 공자가 바른 길로 인도하신 것이오. 또한 간흉이 비록 암매暗昧하다 하나 사람의 기질에 예리하고 둔한 차이가 있으므로 올바르게 되도록 석가가 깨우친 것이오.

주공과 공자의 가르침은 올바름[正]으로 사악함[邪]을 물리친 것이고, 석가의 법은 사악함을 동원하여 사악함을 물리친 것이라오. 올바름으로 사악함을 물리치기에 그 말이 정직하고, 사악함으로 사악함을 물리치기에 그 말이 허황되지요. 주공과 공자의 가르침은 정직하므로 군자가 따르기 쉽고, 석가의 말은 허황되므로 소인이 믿기 쉽다 하겠소. 하지만 그 지극한 경지에 이르러서는 두 가지 모두 군자와 소인으로 하여금 마침내 올바른 도리로

---

18. **삼황三皇** 중국 고대의 천자天子인 복희씨伏羲氏·신농씨神農氏·황제黃帝.
19. **오제五帝** 중국 고대의 천자인 소호少昊·전욱顓頊·제곡帝嚳·요堯·순舜.

돌아가게 하니, 세상을 어지럽히고 사람을 속여 이단의 도리로 사람을 그르치게 한 적이 없다오."

박생이 또 물었다.

"귀신에 대해서는 어떻게 생각하십니까?"

왕이 대답했다.

"'귀'鬼라는 것은 음陰의 영靈이고, '신'神이라는 것은 양陽의 영이오. '귀'와 '신'은 조화의 자취요, 음양陰陽의 타고난 능력이오. 살아 있으면 인물[20]이라 하고 죽으면 귀신이라 하지만, 그 근본 이치인즉 다르지 않소."

박생이 물었다.

"세상에는 귀신에게 제사 지내는 의식이 있는데, 제사를 받는 귀신과 조화를 부리는 귀신은 다른 것입니까?"

왕이 대답했다.

"다르지 않소. 선비는 왜 그걸 모르시오? 옛날의 유학자는 이렇게 말하였소.

'귀신은 형체도 없고 소리도 없다. 그러나 모든 만물의 시작과 끝은 음과 양이 모이고 흩어지는 데서 비롯된다.'[21]

천지에 제사 지내는 것은 음양의 조화를 공경해서이고, 산천에

---

20. 인물人物  사람과 생물.
21. 귀신은 형체도 없고~흩어지는 데서 비롯된다  『중용장구』中庸章句에 나오는, 주희朱熹의 말이다.

제사 지내는 것은 기운의 변화에 보답하기 위해서지요. 조상에게 제사 지내는 것은 근본을 주신 데 보답하기 위해서이고, 여섯 신[22]에 제사 지내는 것은 재앙을 면하기 위해서지요. 이런 제사들은 모두 사람들로 하여금 공경하는 마음을 가지게 하오. 귀신은 형체가 있는 존재도 아니고 사람에게 재앙이나 복을 더해 주지도 않지만, 어떤 때에는 귀신의 기운이 엄습해 오는 듯도 하고 귀신이 바로 곁에 있는 듯이 느껴질 때도 있소. '귀신을 공경하되 멀리한다'[23]라고 한 공자의 말이 바로 이런 뜻이오."

박생이 물었다.

"세상에는 사악한 기운을 가진 요망한 도깨비가 나타나 사람들을 해코지하거나 호리는 일이 있는데, 이런 도깨비도 귀신이라 할 수 있습니까?"

왕이 대답했다.

"'귀'鬼라는 것은 움츠림을 말하고, '신'神이라는 것은 폄을 말하오. 움츠리고 펴기를 자유로이 하는 것은 천지자연의 변화를 주관하는 '신'인 게고, 움츠러들어 펴지 못하는 것은 나쁜 기운이 뭉쳐 있는 '귀'인 것이오. '신'은 천지자연의 변화와 합치하므로 음양의 조화와 시종 함께하여 아무런 자취가 없고, '귀'는 나쁜

22. **여섯 신**  동서남북과 중앙의 다섯 방위를 지킨다는 청룡靑龍·백호白虎·주작朱雀·현무玄武·구진句陳·등사螣蛇의 여섯 신. 청룡은 동, 백호는 서, 주작은 남, 현무는 북, 구진과 등사는 중앙을 지킨다.
23. **귀신을 공경하되 멀리한다**  『논어』 「옹야」雍也에 나오는 말.

기운이 뭉쳐 있으므로 사람이나 사물에 붙어 원한을 드러내면서 형체가 있는 법이라오.

산도깨비를 '초'魈라 하고, 물도깨비를 '역'魅이라 하며, 수석水石의 도깨비를 '용망상'龍罔象이라 하고, 목석木石의 도깨비를 '기망량'夔魍魎이라 하오. 또 만물을 해코지하는 건 '여'厲라 하고, 만물을 번뇌하게 만드는 건 '마'魔라 하며, 만물에 깃들어 사는 건 '요'妖라 하고, 만물을 현혹시키는 건 '매'魅라 하오. 이 모든 것이 '귀'요.

음양에 통하여 그 변화를 헤아릴 수 없는 것을 '신'이라 하니, 이것이 바로 '귀신'이라 말할 때의 '신'이오. '신'이라는 것은 오묘한 작용을 말한 것이고, '귀'라는 것은 근본으로 돌아감을 말한 것이오.

하늘과 사람은 그 이치가 하나이고, 눈에 보이는 세계와 보이지 않는 세계에는 경계가 없소. 그리하여 근본으로 돌아감을 '정'靜(고요함)이라 하고, 천명을 회복함을 '상'常(일정함, 떳떳함)이라 하며, 처음부터 끝까지 내내 움직여 변화하면서도 그 조화의 자취를 알 수 없는 것, 이것을 바로 '도'道라 하오. 그러므로 '귀신의 덕이 참으로 성대하도다!'[24]라는 말이 있는 것이오."

박생이 또 물었다.

꽃꽃꽃꽃

24. 귀신의 덕이 참으로 성대하도다 『중용』에 나오는 말.

"제가 부처를 믿는 이들에게 들자니, 천상에는 천당이라는 쾌락의 땅이 있고, 지하에는 지옥이라는 고통의 땅이 있다고 합니다. 또 저들은 저승에 있는 시왕[25]이 열여덟 개의 지옥에 갇힌 죄수들을 벌준다고도 합니다. 정말 이런 일이 있습니까?

또 사람이 죽고 나서 7일 뒤에 불공을 드리고 재齋를 베풀면 그 혼령을 극락으로 인도할 수 있고, 왕[26]에게 제사를 바치며 지전[27]을 태우면 죽은 자의 죄를 용서받을 수 있다고도 합니다. 아무리 간사하고 포악한 자라도 왕께서는 너그러이 용서해 주실 수 있습니까?"

왕이 깜짝 놀라 말했다.

"그런 얘긴 나도 처음 들어 보오. 옛사람이 이런 말을 했지요.

'한 번 음陰이 되었다가 한 번 양陽이 되는 것을 '도道라 하고, 한 번 열렸다가 한 번 닫히는 것을 '변變'이라 한다. 만물을 낳고 또 낳는 것을 '역易'이라 하고,[28] 망령됨이 없는 것을 '성誠'이라 한다.'[29]

그렇다면 어찌 건곤乾坤(천지, 우주) 밖에 다시 건곤乾坤이 있으

---

❧❧❧❧

25. **시왕十王** 명부冥府에 있다는 진광왕秦廣王·초강왕初江王·송제왕宋帝王·오관왕伍官王·염라왕閻羅王·변성왕變成王·태산왕泰山王·평등왕平等王·도시왕都市王·전륜왕轉輪王의 열 임금. 인간이 세상에 있을 때 저지른 죄의 경중輕重을 이들이 정한다고 한다.
26. **왕** 염라대왕을 말한다.
27. **지전紙錢** 돈 모양으로 종이를 오려 만든 것. 죽은 사람이 저승 갈 때 노자路資로 쓰라는 뜻으로 관 속에 넣어 주었다.
28. **한 번 음陰이~ '역'易이라 하고** 『주역』 「계사전」繫辭傳에 나오는 말.
29. **망령됨이 없는 것을 '성'誠이라 한다** 『중용장구』의 주자주朱子註에서 따온 말.

며, 천지 밖에 또 천지가 있을 수 있겠소?

또 왕이란 것은 천하 만민이 그에게 귀의함을 가리키는 말이오. 삼대[30] 이전에는 인민의 주인을 모두 왕이라고 할 뿐 다른 명칭이 없었소. 공자가 『춘추』春秋라는 역사책을 편찬하여 역대 제왕들이 변경할 수 없는 큰 법을 세웠지만 주周나라 왕실을 높여서 천왕天王이라 했을 따름이니 왕이라는 명칭 이상의 것은 없다 하겠소.

그러나 진시황은 전국시대戰國時代의 여섯 나라를 멸하고 중국을 통일한 뒤, 자신이 삼황三皇의 덕을 겸비하고 오제五帝보다 높은 공을 세웠다며 왕이라는 명칭 대신 황제라는 명칭을 사용했소. 이 시절에 이르러 분수에 넘치는 칭호를 사용하는 자가 자못 많아졌으니 위魏나라와 초楚나라 군주들이 바로 그러했소. 그 이후로 왕이라는 이름을 아무나 어지럽게 사용하여, 주나라 문왕文王·무왕武王·성왕成王·강왕康王 같은 훌륭한 군주들의 명예로운 칭호였던 '왕'의 가치가 땅에 떨어지고 말았소.

세상 풍속이 무식해서 서로 간에 인정으로 호칭을 높여 부르는 일이야 구태여 말할 게 없지만, 신神의 세계에서라면 오히려 법도가 엄하거늘, 어찌 한 지역 안에 왕이란 자가 이렇게 많을 수 있겠소? '하늘에는 해가 두 개 있을 수 없고, 나라에는 왕이 두 사

30. 삼대三代 중국 하夏·은殷·주周의 세 왕조.

람 있을 수 없다'는 말을 선비는 들어 보지 못했소?

그러니 앞서 내게 물은 말들은 믿을 게 못 되오. 재를 베풀어 혼령을 인도하고 왕에게 제사 지내며 지전을 태운다고 했는데, 나는 그런 일을 하고 있는지 통 모르고 있었소. 선비께서 한번 인간 세상의 요망한 일들을 내게 말해 주시구려."

박생이 예를 표하느라 약간 뒤로 물러나 앉더니 옷깃을 여미고 말했다.

"인간 세계에서는 부모가 돌아가신 지 49일이 되는 날이면 신분이 높은 사람이건 낮은 사람이건 간에 상례喪禮와 장례葬禮를 절차대로 올리지 않고, 오로지 절에 가서 재齋를 베풀려고만 합니다.

부자들은 지나치게 돈을 쓰며 남에게 자랑하고, 가난한 이들은 땅과 집을 팔고 돈과 곡식을 빌리면서까지 재를 준비합니다. 사람들은 종이에 그림을 그려 깃발을 만들고, 비단을 오려서 꽃을 만든 뒤, 승려들을 불러다 복을 빕니다. 또 조각상을 세워 놓고 저승길을 인도하는 사람이라 하고는 범패[31]를 부르고 염불을 외는데, 그 소리를 들어 보면 새가 짹짹거리고 쥐가 찍찍거리는 듯한 게 무의미한 말들입니다.

상주喪主는 이날 아내와 아이들을 이끌고 와서 친척과 친구들을 모두 불러 모으니, 이제 남녀가 뒤섞여 바닥에는 똥오줌이 낭

---

31. **범패梵唄** 부처의 공덕을 찬미한 노래.

자합니다. 결국 정토淨土(깨끗한 땅)가 변하여 오물 천지가 되고, 적멸도량寂滅道場(절)이 변하여 떠들썩한 시장판이 되고 마는 것이지요.

또 이른바 '시왕'이란 이들을 불러 음식을 마련하여 제사 지내고 지전紙錢을 태워 죽은 이의 속죄를 빕니다. '시왕'이란 이들이 예의염치를 돌보지 않는 자들이라서 욕심을 채우고자 함부로 돈과 음식을 받겠습니까? 마땅히 자기들의 법도에 맞추어 법에 따라 중벌을 내리지 않겠습니까?

이런 일들을 과연 어떻게 보아야 할지 참으로 답답하기에 감히 말씀을 올리니, 가르침을 주시기 바랍니다."

왕이 말했다.

"허어! 그 지경에 이르렀군요! 사람이 태어나매 하늘은 본성을 부여하고, 땅은 생명을 주어 기르며, 임금은 법으로 다스리고, 스승은 도리로 가르치며, 부모는 은혜로 기르지요. 이로 말미암아 오륜五倫에 질서가 있고, 삼강三綱에 문란함이 없게 되었소. 삼강오륜을 따르면 상서롭고 거스르면 재앙이 생겨나니, 상서와 재앙은 사람이 삼강오륜을 어떻게 받아들이느냐에 달려 있을 뿐이오.

사람이 죽으면 정기精氣가 흩어져 혼魂은 하늘로 올라가고, 백魄은 땅속으로 내려가 모두 근원으로 돌아가게 되어 있소. 그러니 어찌 혼백이 저승에 머물 수 있겠소? 물론 원한을 품은 혼령이나 비명횡사한 귀신이 제명에 못 죽어 자신의 기운을 펴지 못하고,

모래밭 싸움터에서 슬피 울거나 원한 품은 집에서 절절히 우는 일이 간혹 있기는 하오. 이들 혼령이나 귀신은 무당에게 깃들어 억울한 사연을 호소하기도 하고, 사람에게 의지해서 원망을 하소연하기도 하오. 그러나 비록 일시적으로 정신이 흩어지지 않았다 해도 결국에는 무無로 귀결되고 마니, 죽은 사람이 형체를 빌려 저승에 가고 또 거기서 형벌을 받는 일이 어찌 일어날 수 있겠소? 이런 일은 사물의 이치를 깊이 탐구하는 군자라면 마땅히 헤아려 알 수 있는 것이오.

부처에게 재를 올리고 시왕에게 제사 지내는 일 같은 것은 더욱 말도 안 되는 얘기요. '재'라는 건 맑고 깨끗함을 이르는 말이요, '왕'이라는 건 존엄함을 일컫는 말이오. 왕이 수레를 요구하고 금을 요구한 일은 『춘추』에서 비난받은 바 있거니와,[32] 재를 올리며 금과 비단을 쓴 일은 한漢나라와 위魏나라 시대에 시작되었소. 생각해 보시오. 맑고 깨끗한 신이 속세 인간의 공양을 받을 리 있겠소? 존엄한 왕이 죄인의 뇌물을 받을 리 있겠소? 저승의 귀신이 인간 세상에서 저지른 죄를 용서해 줄 수 있겠소? 이런 일 또한 사물의 궁극적인 이치를 탐구하는 선비라면 마땅히 헤아려 알 수 있는 것이오."

─────────

32. 왕이 수레를~비난받은 바 있거니와 『춘추』春秋 환공桓公 15년 기사와 문공文公 9년 기사 가운데 왕이 대부를 시켜 수레와 금을 요구했다는 내용이 보인다.

박생이 또 물었다.

"윤회輪回가 그치지 않아 이승에서 죽은 뒤 저승에서 산다는 말에 대해 여쭈어 볼 수 있겠습니까?"

왕이 대답했다.

"정령精靈이 흩어지지 않는다면 윤회가 있을 듯도 하오. 하지만 오랜 시간이 지나면 결국 정령도 흩어져 사라지고 마오."

박생이 물었다.

"임금께서는 어떻게 이런 이역 땅에서 왕이 되셨습니까?"

왕이 대답했다.

"나는 세상에 있을 때 임금께 충성을 다하며 온 힘을 다해 도적을 토벌했는데, 그때 이렇게 맹세한 일이 있소.

'내가 죽으면 귀신이 되어서라도 도적을 모두 죽이리라!'

죽어서도 내 소원이 다 이루어지지 않았고 충성스러운 마음도 사라지지 않았기에, 이런 흉악한 땅에서 임금 노릇을 하게 된 것이오. 지금 이 땅에 살며 나를 우러르는 자들은 모두 전생에 임금이나 부모를 죽이는 등 온갖 간사하고 흉악한 짓을 벌인 무리들이라오. 이들은 이곳에 살며 나의 통제를 받아 그릇된 마음을 바로잡으려 하고 있소. 정직하고 사심 없는 사람이 아니면 이 땅에서는 하루도 임금 노릇을 할 수 없소.

그대는 정직하고 뜻이 고상하여 인간 세상에 있으면서 남의 위세에 굴하지 않는 진정한 달인達人이라고 들었소. 그럼에도 세상에 뜻을 한번 펼쳐 보이지 못했으니, 그야말로 천하의 보배로운 옥이 황야에 버려지고 연못 깊이 가라앉아 있는 것과 같은 신세구려. 훌륭한 장인匠人을 만나기 전에야 누가 천하의 보물을 알아볼 수 있겠소? 참으로 안타깝소!

나 역시 운수가 다해서 곧 이 세상을 뜰 운명이고, 그대 또한 타고난 수명이 이미 다해서 땅에 묻히게 되리니, 이 나라의 임금이 될 사람이 그대 말고 누가 있겠소?"

그렇게 말하고는 잔치를 열어 흥겹게 즐겼다. 그러던 중에 왕이 박생에게 삼한三韓(우리나라)의 역대 왕조가 흥하고 망한 이유를 물었다. 박생이 역대 왕조의 흥망사를 하나하나 진술하다가 고려가 창업하게 된 연유를 언급하기에 이르자, 왕이 거듭 탄식하며 이렇게 말했다.

"나라를 가진 자는 폭력으로 인민을 위협해서는 안 되오. 인민이 비록 두려워하여 명령에 따르는 듯 보이지만 속으로는 반역할 마음을 품어 시간이 흐르면 결국 큰 재앙이 일어나게 될 것이오. 덕 있는 자는 힘으로 군주의 자리에 나아가지 않소. 하늘이 비록 자상한 말로 사람을 깨우치지는 않지만 시종일관 일을 통해 보여주거늘, 이를 보면 하늘의 명命이 엄하다는 걸 알 수 있소.

무릇 나라는 인민의 것이요, 명은 하늘이 내리는 것이오. 천명天命이 이미 임금에게서 떠나고 민심이 이미 임금에게서 떠나간다면, 비록 몸을 보전하고자 한들 어찌 보존할 수 있겠소?"

또 박생이 역대 제왕들이 이교異教를 숭상하다가 재앙을 당하기에 이른 일을 말하자, 왕은 이마를 찌푸리며 말했다.

"인민이 태평가를 부르는데도 홍수가 나고 가뭄이 드는 것은 하늘이 임금에게 언행을 삼가라고 거듭 경고하는 것이요, 인민의 원성이 드높은데도 상서로운 징조가 보이는 것은 요괴가 임금에게 아첨하여 더욱 방종하도록 만드는 것이라오. 역대 제왕들이 상서로운 징조를 보던 날에 인민이 편안하였소, 울부짖으며 원망하였소?"

박생이 말했다.

"간신들이 벌떼처럼 일어나고 큰 난리가 거듭 생기는데, 임금이 으름장을 놓으며 위선적으로 좋은 임금이라는 이름을 얻는다고 해서 나라가 편안할 리가 있겠습니까?"

왕이 한참 탄식하더니 말했다.

"그대 말씀이 옳소."

잔치가 끝나고 왕이 박생에게 왕위를 물려주고자 손수 명령하는 글을 지었다. 그 글은 다음과 같다.

염부주, 이곳은 풍토병이 심하여 살기 힘든 땅이라 우왕의 발자취[33]도 미치지 못했고, 목왕의 준마[34]도 이르지 못했다.

꽃꽃꽃꽃

33. **우왕禹王의 발자취** 하夏나라 우왕이 홍수를 다스리기 위해 동분서주하여 그 발자취가 중국 전역에 미치지 않은 곳이 없었다고 한다.

이곳은 붉은 구름이 해를 뒤덮고 독기 서린 안개가 하늘을 가로막아, 목마르면 펄펄 끓는 쇳물을 마셔야 하고, 배고프면 시뻘겋게 달궈진 쇳덩이를 먹어야 하며, 야차와 나찰[35]이 아니면 땅에 발을 댈 수가 없고, 도깨비 무리가 아니면 그 기운을 뜻대로 펼 수 없다. 불길에 휩싸인 성곽이 천 리에 뻗었고, 쇠로 이루어진 산이 만 겹이나 놓여 있다. 인민의 풍속은 억세고 사나워 정직한 이가 아니면 그 간사함을 분간해 낼 수 없고, 지세地勢는 극도로 험준하여 신령스러운 위엄을 갖춘 이가 아니면 교화를 베풀 수 없다.

아아! 조선의 선비 그대는 정직하고 사심이 없으며, 굳세고 결단력이 있으며, 마음속에 아름다운 덕이 가득하고, 어리석은 이를 일깨울 재주가 있다. 살아생전에는 비록 영예를 누리지 못하였으나, 죽은 뒤에는 나라를 다스리게 될 것이다. 우리 인민이 길이 의지할 사람, 그대 아니고 누구겠는가. 덕으로 이끌고 예의로 가지런히 하여 우리 인민을 지극한 선으로 이끌기를 바라며, 몸소 실천하고 마음으로 체득하여 평화로운 세상을 만들었으면 한다.

하늘이 세상에 왕을 세운 뜻을 본받고, 요堯임금이 순舜임금

---

34. **목왕穆王의 준마駿馬** 주나라 목왕이 여덟 마리의 준마를 타고 중국 전역을 두루 다녔다는 고사가 있다.
35. **야차夜叉와 나찰羅刹** 사람을 해치는 악귀惡鬼의 종류.

146

에게 왕위를 물려준 뜻을 거울삼아 왕위를 물려주나니, 그
대는 삼갈지어다!

박생이 왕의 명을 받들어 공손히 두 번 절하고 물러나왔다. 왕
은 신하와 인민에게 명을 내려 박생에게 축하 인사를 올리게 하
고, 태자太子를 대우하는 예로 박생을 전송하였다.

왕은 또 박생에게 이런 명을 내렸다.

"머잖아 돌아오게 될 거요. 수고롭겠지만 한번 가서 오늘 나
눈 이야기를 인간 세상에 널리 퍼뜨려 황당무계한 일들이 일소되
게 해 주오."

박생이 다시 두 번 절하여 사례하고는 말했다.

"명을 받들어 널리 알리도록 하겠습니다."

이윽고 박생이 문을 나와 수레를 탔는데, 수레를 몰던 이가 잘
못하여 수레가 전복되고 말았다. 수레에서 떨어진 박생이 땅에
엎어졌다가 놀라 일어나 보니, 모든 것이 한바탕 꿈이었다. 눈을
크게 뜨고 살펴보니 책이 책상 위에 널브러져 있고, 등불이 깜박
이고 있었다.

박생은 의아한 마음에 한참 동안 이런저런 생각을 하다가 자신
이 곧 죽게 되리라는 것을 깨닫고, 죽기 전에 집안일을 처리하는
데 마음을 쏟으며 하루하루를 보냈다.

두어 달 뒤 박생이 병들어 자리에 눕게 되었다. 박생은 일어날

수 없음을 알고 의원醫員이며 무당을 모두 물리친 채 죽음을 맞이했다. 박생이 죽던 날 밤에 사방 이웃 사람들의 꿈에 신령이 나타나서 이렇게 말했다고 한다.

"네 이웃에 사는 박공朴公이 곧 염라왕이 될 것이다."

# 수성지

임제

천군[1]이 즉위하니, 이해는 곧 강충[2] 원년이다. 인仁과 의義와 예禮와 지智는 저마다 중책을 맡아 자기 직분에 충실했고, 희喜와 노怒와 애哀와 낙樂은 모두 중용에 합하여 겉으로 드러나는 것이 다 절도에 맞았으며, 시視와 청聽과 언言과 동動은 모두 예禮의 지배를 받아 네 가지 하지 말아야 할 것[3]에 위배되지 않았다.

이때 천군이 영대[4] 위에 팔짱을 끼고 편안히 앉으니 백관이 모두 명령을 받들었다. 그리하여 솔개가 나는 하늘이며 물고기가

<hr>

1. **천군天君**  마음을 의인화한 존재. 『순자』荀子 「천론」天論에 "마음은 중심의 허한 곳에 있으면서 오관五官을 다스리니, 이를 천군이라 일컫는다"는 말이 보인다.

2. **강충降衷**  사람이 태어날 때 성심誠心을 하늘로부터 받는 것. 여기서는 천군의 연호年號로 썼다.

3. **네 가지 하지 말아야 할 것**  '사물'四勿을 말한다. 『논어』論語에 공자孔子가 제자 안연顔淵에게 "예가 아니면 보지 말고, 예가 아니면 듣지 말며, 예가 아니면 말하지 말고, 예가 아니면 움직이지 마라"(非禮勿視, 非禮勿聽, 非禮勿言, 非禮勿動)라고 했는데, 이를 '사물'(네 가지 하지 말아야 할 일)이라 한다.

4. **영대靈臺**  주周나라 문왕文王이 대臺를 세우자 백성들이 기뻐하여 붙인 이름. 또 '마음'을 일컫는 말로도 쓴다. 여기서는 이 두 가지 뜻을 중첩하여 썼다.

헤엄치는 연못이며 천군의 소유 아닌 것이 없고, 오동나무에 걸린 달이며 버드나무에 부는 바람이며 천군의 소관 아닌 것이 없었다. 그러니 순임금처럼 예약을 통해 나라를 다스리는 수고를 할 필요도 없고, 요임금처럼 지극히 검소한 생활을 할 필요도 없었다. 급히 눌러야 할 욕망도 없고 거대한 분노도 없으니, 사해 안에 누군들 천군을 자신의 임금이라 여기지 않겠는가?

2년 뒤, 정신이 맑고 풍모가 고고한 한 노인이 자신을 주인옹[5]이라 하며 천군 앞에 와서 상소했다.

생각건대 위태로움은 편안함에서 생겨나고, 어지러움은 잘 다스려짐에서 나옵니다. 그러므로 현명한 군주는 예기치 않은 변고와 뜻하지 않은 재난이 일어날까 항상 조심합니다. 『주역』에 "서리를 밟으면 단단한 얼음이 얼 때가 온다"[6]라는 말이 있듯이, 미세한 변화가 있을 때 방비하지 않아서는 안 되고, 조짐이 있을 때 막지 않으면 안 되는 법입니다. 아직 일어나지 않은 일을 살피는 것은 철인哲人의 뛰어난 통찰력이요, 이미 일어난 일에 얽매이는 것은 범인의 비루한 소

5. **주인옹**主人翁 '경'敬의 의인화.
6. **서리를 밟으면~때가 온다** 『주역』周易의 곤괘坤卦 초육효初六爻에 나오는 말로, 어떤 일의 조짐이 보이면 머지않아 큰일이 일어난다는 뜻.

견입니다. 철인의 통찰력을 갖지 못하고 범인의 소견을 고집한다면 어찌 위태롭지 않겠습니까?

지금 전하께서는 나라가 이미 잘 다스려지고 있고 평화롭다고 생각하시지만, 이는 작은 싹이 천 길 나무가 되고 잔 하나를 채울 정도의 물이 샘솟아 하늘에 닿을 만큼 큰 강이 된다는 점을 전혀 모르고 계신 것입니다. 또 나라의 근본이 아직 견고하지 못하건만 갑자기 문장과 서화에 빠져 밤낮으로 가까이하는 이들은 도홍과 모영의 무리 네 사람[7]뿐입니다. 또 고금의 영웅을 강개한 마음으로 상상하여 이들이 폐부 사이를 쉴 새 없이 왕래하게 하시는데, 이 무리들은 난을 일으키기 쉬운 존재입니다. 전하께서 정성스러운 마음을 힘껏 좇고 화평으로 제어하신다면, 보이지 않는 것을 보시고 소리 없는 것을 들으시어 일을 그르치기에 이르러서야 뒤늦게 생각한다는 꾸짖음[8]을 면할 수 있을 것입니다. 간절하고 지성스러운 마음을 이기지 못해 아룁니다.

천군이 상소를 다 읽고 허심탄회하게 받아들였지만, 문장을 즐기는 마음을 끝내 그만둘 수 없어 고금의 일을 읊조리곤 했다. 그

7. **도홍陶泓과 모영毛穎의 무리 네 사람** 문방사우文房四友(벼루·붓·종이·먹)의 의인화. '도홍'은 벼루, '모영'은 붓을 의인화한 것이다. 종이는 저선생楮先生, 먹은 진현陳玄이라고 한다.
8. **일을 그르치기에~생각한다는 꾸짖음** 『시경』詩經 진풍陳風 「묘문」墓門의 한 구절에서 따온 말.

러자 주인옹이 또 와서 간언했다.

전하를 향한 저의 정은 골육보다 깊고 의리는 기쁨과 슬픔을 함께하니, 어찌 위험과 난리를 좌시하며 편안히 지낼 수 있겠습니까? 고금의 일을 읊조림은 타고난 올바른 마음을 보존하는 데 보탬이 되지 않으며, 먹을 갈아 붓을 놀리는 일은 타고난 선한 성품을 기르는 데 아무런 유익함이 없습니다.

사단[9] 중 수오[10]가 힘을 쓰고 시비[11]가 주장을 펴는바, 밖으로 감찰관[12]과 통하여 분수를 넘어 비분강개하고 으스대는 모습을 보이니, 이는 결코 안정하는 도리가 아닙니다. 이들은 실로 없어서는 안 되지만 한쪽으로 치우쳐서도 안 되는 존재입니다. 비유하건대 음陰과 양陽이 번갈아 작용하여 바람이 되고 비가 되는 것이 모두 천지의 기운인데, 차례가 어그러지면 변이 생기고 때를 놓치면 재앙이 되는 법이요, 양이 펼쳐지고 음이 움츠리면 바람이 순조롭고 비가 알맞게 내리니, 이 모든 것이 섭리가 어떠한가에 달려 있을 따름입

9. **사단四端** 인仁·의義·예禮·지智.
10. **수오羞惡** 수오지심羞惡之心, 곧 의義를 의인화한 표현.
11. **시비是非** 시비지심是非之心, 곧 지智를 의인화한 표현.
12. **감찰관監察官** '눈'〔目〕을 관리로 의인화한 것.

니다.

전하께서는 천天·지地·인人 삼재三才의 큰 자리에 함께 계시다는 점을 유념하시고, 세상 만물이 모두 내게 갖추어져 있음을 생각하시기 바랍니다. 그리하여 중화13를 이루시고 천·지와 나란히 서시다면 이 어찌 위대하고 아름답지 않겠습니까? 『서경』에 "치우침이 없고 쏠림이 없으면 왕도가 평평하다"14라는 말이 있습니다. 항상 이 점을 생각하고 실천하시어 게을리하지 않고 함부로 하시지 않는다면 참으로 다행이겠습니다."

천군이 그 말을 다 듣고 감동하여 주인옹과 함께 반묘당15 가로 가서 앉더니 다음의 조서詔書를 내렸다.

너희 춘관春官 인仁과 하관夏官 예禮와 추관秋官 의義와 동관冬官 지智 그리고 오관16과 칠정17은 모두 와서 나의 말을 들으라.

13. **중화中和**  '중' 中은 희로애락이 발하지 않은 중정中正의 상태를 말하고, '화' 和는 희로애락이 발하여 모두 절도에 부합하는 것을 말한다. 『중용』中庸에서는 '중'과 '화'가 각각 천하의 근본이요 통달한 이치라 하여, '중화'에 이르면 천지 만물이 제자리를 얻어 잘 자란다고 했다.

14. **치우침이 없고~왕도가 평평하다**  『서경』書經「홍범」洪範에 나오는 말.

15. **반묘당半畝塘**  마음이 있는 곳을 비유적으로 표현한 말. 주희朱熹의 시「책을 읽고 느낌이 있어 짓다」(觀書有感)에서 유래한다.

16. **오관五官**  귀, 눈, 입, 코, 피부를 가리킨다.

17. **칠정七情**  희喜, 노怒, 애哀, 낙樂, 애愛, 오惡, 욕欲을 말한다.

나는 하늘의 밝은 명령을 받았으나 제대로 따르지 못하여 오랫동안 너희가 직무를 수행하지 못하게 했다. 그리하여 법규에 맞지 않는데도 자신이 옳다고 여겨 고원한 쪽으로 뜻을 격동하고 호탕한 쪽으로 정을 이끌기도 했으니, 장차 직분에 맞지 않는 일을 하고 분수에 맞지 않게 행동한다는 비난을 어찌 면할 수 있겠느냐?

아아! 나 한 사람의 허물은 그 원인이 너희에게 있지 않으나, 너희들의 허물은 그 원인이 나 한 사람에게 있다. 하늘의 이치가 아직 사라지지 않아 머지않아 회복할 수 있으리니, 너희는 일신하기에 힘써 처음의 다스림을 계승하고 각자 맡은 중책을 저버리지 않도록 하라.


모든 신하들이 "예"라고 대답했다.

마침내 연호를 고쳐 '복초'[18]라고 했다.


복초 원년 가을 8월에 천군이 무극옹[19]과 함께 주일당[20]에 앉아 은미하고 정밀한 이치를 탐구하고 있는데, 갑자기 칠정 중 애공[21]

---

18. **복초復初** 처음의 본성本性으로 돌아간다는 뜻.
19. **무극옹無極翁** 천지 만물의 본원本源인 '무극'을 의인화한 표현.
20. **주일당主一堂** '마음을 오로지하는 집'이라는 뜻. '주일'은 성리학에서 경敬을 뜻한다.
21. **애공哀公** 칠정七情 가운데 '애' 哀를 관리로 의인화한 것.

이 와서 감찰관·채청관[22]과 함께 상소를 올렸다.

엎드려 살피건대 하늘은 적막하고 가을바람은 서늘하며, 우물가 오동나무에는 차가운 기운이 일고 대숲에는 이슬이 떨어집니다. 귀뚜라미 울음소리에 풀이 시들고 기러기 울음소리에 구름은 차가우며, 낙엽은 우수수 떨어지고 부채는 버려져 잊혀 가며, 반악[23]의 귀밑머리는 하얗게 세고 송옥[24]의 시름은 깊어 갑니다. 장안의 조각달은 1만 여인의 다듬이질 소리를 재촉하고,[25] 여인은 옥관 향한 외로운 꿈[26]에 몸이 여위어 옷이 헐렁해지며, 심양의 단풍잎과 갈대꽃에 백거이는 눈물로 푸른 적삼을 적시고,[27] 무산의 국화꽃과 일엽편주에 두보의 백발은 더욱 숱이 줄었다는 것[28]이 바로 지금의

22. **채청관採聽官** '귀'를 관리로 의인화한 것.
23. **반악潘岳** 진晉의 문인. 미남으로 유명했으며, 자신의 귀밑머리가 센 것을 보고「추흥부」秋興賦를 지었다.
24. **송옥宋玉** 전국시대戰國時代 초楚나라의 문인. 굴원屈原의 제자로, 「초혼」招魂·「비추부」悲秋賦 등 애상적이고 낭만적인 시를 썼다.
25. **장안長安의 조각달은~소리를 재촉하고** 장안의 가을 달밤에 1만 집의 여인들이 변방에 출정 나간 남편을 그리워하며 남편에게 보낼 옷을 손질한다는 뜻. 당나라 이백李白의 시 「한밤중의 오나라 노래」(子夜吳歌)에서 따온 말이다.
26. **옥관玉關 향한 외로운 꿈** 변방에 나간 남편을 그리는 마음. '옥관'은 서역西域으로 나가는 변경의 관문.
27. **심양潯陽의 단풍잎과~적삼을 적시고** 당나라 시인 백거이白居易의 「비파행」琵琶行에서 따온 말. 백거이는 강주 사마江州司馬로 좌천되어 심양(지금의 강서성江西省 구강九江)으로 갔다가 그곳에서 비파를 타는 한 여인을 만나 그 여인을 소재로 「비파행」을 지었다.

풍경입니다. 더구나 밤비는 장문궁²⁹ 외로운 베개로 들이치고, 달빛 아래 서리는 연자루燕子樓에 있는 한 사람을 위해 내리니,³⁰ 초나라 난초는 향기가 다했고 푸른 단풍나무는 쓸쓸하며, 상비의 눈물이 말라 반죽은 처연합니다.³¹ 시름이 만물 때문에 시름겨운 것인지, 만물이 시름으로 인하여 시름겨운 것인지 모르겠습니다. 시름겨워도 시름겨운 이유를 알 수 없으니, 또한 시름겹지 않은 이유를 어찌 알겠습니까? 무언가를 보고서 시름겨운 것인지, 무언가를 듣고서 시름겨운 것인지, 실로 그 까닭을 모르겠습니다. 신등이 모두 외람되이 관직을 차지하고 있어 감히 숨기지 못하고 삼가 번거롭게 아뢰나이다.

천군이 다 읽고 걱정하며 좋지 않은 표정을 지었다. 그러자 무극옹은 작별 인사도 하지 않고 떠났다.

꽃꽃꽃꽃

28. **무산巫山의 국화꽃과~술이 줄었다는 것** 당나라 시인 두보杜甫의 「추흥」秋興과 「춘망」春望에서 따온 말. '무산'은 중국 사천성四川省에 있는 산.
29. **장문궁長門宮** 한나라 무제武帝의 진황후陳皇后가 황제의 총애를 잃은 뒤에 거처한 궁궐.
30. **달빛 아래~위해 내리니** 백거이의 시 「연자루」燕子樓에서 따온 말. '연자루'는 강소성江蘇省 동산현銅山縣에 있던 누각. 당나라 때 상서尙書 장음張愔에게 가무에 능한 관반반關盼盼이라는 애첩이 있던었는데, 관반반은 장음이 죽은 뒤에도 절개를 지켜 이 누각에서 살았다고 한다.
31. **상비湘妃의 눈물이 말라 반죽斑竹은 처연합니다** '상비'는 순임금의 두 비妃인 아황娥皇과 여영女英을 말한다. 이들은 순임금이 죽자 슬피 울다 상수湘水에 몸을 던져 수신水神이 되었으며, 그 후 상수湘水 가에는 눈물자국으로 얼룩진 반죽(검은 반점이 있는 대나무)이 돋아 자랐다는 전설이 있다.

천군은 의마[32]에 수레를 연결하도록 명하여 온 천하를 두루 다니며 주나라 목왕의 고사[33]를 본받고자 했다. 주인옹이 말 앞을 가로막고 간언하자[34] 천군은 반묘당 가에 말을 멈추었다. 이때 격현[35] 사람이 와서 고했다.

"요사이 흉해[36]에 파도가 치며 태산과 화산[37]이 바다 가운데로 옮겨 오고 있습니다. 바라보니 산속에 어렴풋이 사람들이 보이는데 수천수만 명이나 될 듯합니다."

이러한 변괴는 평소에 없던 것이어서 의아해하고 있는데, 저 멀리 몇 사람이 읊조리며 걸어오는 것이 보였다. 차츰 가까이 다가왔는데 두 사람이었다. 앞에 선 사람은 안색이 초췌하고 몸이 수척했다.[38] 절운관[39]을 쓰고 장검을 차고 기하의[40]를 입고 초란[41]을 허리에 찼는데, 눈썹에는 나라를 걱정하는 마음이 가득하고

❧❧❧❧

32. 의마意馬  '의'意를 사물화한 말로, 번뇌나 망상 등으로 이리저리 분산되어 헝클어진 마음을 뜻한다.

33. 주周나라 목왕穆王의 고사故事  주나라 목왕이 여덟 마리 준마를 타고 천하를 두루 다녔다는 고사가 전한다.

34. 말 앞을 가로막고 간언하자  주나라 무왕武王이 은殷나라를 치러 나갈 때 백이伯夷·숙제叔齊가 말 앞을 가로막고 그 부당함을 간언했다는 고사가 『사기』史記 「백이 열전」伯夷列傳에 보인다.

35. 격현膈縣  천군天君, 곧 심心에 해당하는 심장이 횡격막橫膈膜 위에 있다고 보아 '격'膈을 지명地名에 빗대어 한 말.

36. 흉해胸海  '흉'胸(가슴)을 바다에 빗대어 한 말.

37. 태산泰山과 화산華山  중국 산동성山東省과 섬서성陝西省에 있는 산. 중국을 대표하는 오악五岳의 하나로, 각각 동악東岳과 서악西岳에 해당한다.

38. 안색이 초췌하고 몸이 수척했다  굴원의 「어부사」漁父辭에 나오는 말.

39. 절운관切雲冠  높이 솟은 모양의 관冠. 『초사』楚辭의 구장九章 「섭강」涉江에 나온다.

40. 기하의芰荷衣  연잎을 엮어 만든 옷으로, 은자隱者가 입는다. 『초사』 「이소경」離騷經에 나온다.

눈에는 임금을 그리는 눈물이 가득했다. 그렇다면 이 사람은 혹 회왕을 슬퍼하며 상관대부에게 한을 품은 자[42]가 아닐까? 뒤따라 오는 사람은 정신이 가을 물처럼 맑고 얼굴은 관옥[43]처럼 아름다웠는데, 초나라 옷을 입고 초나라 관을 쓰고 초나라 말로 초나라 노래를 읊조렸다. 그렇다면 이 사람은 혹시 평생 동안 초나라 양왕을 섬긴 이[44]가 아닐까?

두 사람이 함께 와서 천군에게 절하고 말했다.

"전하의 의리가 높다는 말을 듣고 특별히 찾아와 뵙니다. 천지가 비록 넓다 하나 우리들은 용납되지 못하고 있습니다. 지금 보건대 전하의 심지[45]가 자못 넓으니 한 귀퉁이의 뇌외[46]를 빌려 성을 쌓고자 합니다. 전하께서는 허락해 주시겠습니까?"

천군은 옷깃을 여미고 서글픈 얼굴로 말했다.

"장부의 회포는 예나 지금이나 똑같구려. 내 어찌 약간의 땅을 아껴 그대들이 있을 곳을 마련해 주지 않을 리 있겠소?"

마침내 명을 내렸다.

---

꽃꽃꽃

**41. 초란椒蘭** 향초香草인 '초'와 '난'을 함께 이르는 말. 덕이 있고 고결한 사람을 비유하는 말로도 쓴다.

**42. 회왕懷王을 슬퍼하며~한을 품은 자** 굴원屈原을 말한다. 대부大夫 벼슬에 있던 굴원은 초나라 회왕에게 간언하다가 상관대부上官大夫의 참소를 입어 조정에서 쫓겨났다.

**43. 관옥冠玉** 관의 앞을 장식하는 옥.

**44. 초나라 양왕襄王을 섬긴 이** 송옥宋玉을 말한다. 송옥은 굴원의 제자로 알려져 있다.

**45. 심지心地** 마음을 땅으로 공간화한 표현.

**46. 뇌외磊磈** 돌무더기. 가슴속의 불평을 뜻하기도 하는바, 중의적으로 쓴 표현.

"저들이 이곳에 와 살도록 감찰관이 알아서 조치하라. 저들이 성을 쌓도록 뇌외공[47]이 알아서 조치하라."

두 사람은 절하여 사례하고 흥해 바닷가로 떠났다. 그 뒤로 천군은 두 사람을 생각하며 마음에 잊지 못하더니 출납관[48]으로 하여금 『초사』를 소리 높여 읊조리게 할 뿐 다른 일에는 일절 관여하지 않았다.

가을 9월에 천군은 몸소 바닷가로 가서 성 쌓는 모습을 바라보았다. 1만 줄기 원통한 기운과 1천 주름의 수심 가득한 구름 속에 옛날의 충성스러운 신하와 의로운 선비들, 죄 없이 죽어 간 사람들이 쓸쓸하고 풀 죽은 모습으로 주변을 오가고 있었다.

그중에 진나라 태자 부소[49]가 있었다. 부소는 만리장성 쌓는 일을 감독한 바 있기에 몽염[50]과 함께 진시황의 분서갱유 때 형곡[51]에 파묻힌 선비 400여 명을 부려 급히 서두르지 않고도 며칠 만에 성을 완성했다. 그 성은 흙과 돌을 번거로이 쌓아 만드는 것이

---

47. **뇌외공磊磈公** '뇌외'를 담당하는 관리.
48. **출납관出納官** '입'을 가리킨다.
49. **부소扶蘇** 진시황秦始皇의 장남. 진시황의 미움을 받아 변방에서 만리장성 쌓는 일을 감독하다가 진시황이 죽은 뒤 환관宦官 조고趙高의 농간으로 사사賜死되었다.
50. **몽염蒙恬** 진시황 때의 명장으로, 흉노를 정벌하고 만리장성을 쌓았다. 진시황이 죽은 뒤 조고 등의 음모로 사사되었다.
51. **형곡硎谷** 중국 섬서성 임동현臨潼縣의 여산驪山에 있는 골짜기 이름. 진시황이 이곳에 선비들을 파묻어 죽였다고 한다.

아니었으므로 운반하는 노고도 필요하지 않았다.

그 성은 큰가 하면 깃들어 살기에는 좁았고, 작은가 하면 그 안에 포괄할 수 있는 것이 많았다. 없는 듯하면서 있고, 형체도 없는 듯하면서 형체가 있었다. 북으로는 태산이 있고, 남으로는 바다에 이어지며, 지맥地脈은 아미산[52]으로부터 내려와서 울퉁불퉁 우뚝 솟았으니, 근심과 한이 모인 곳이므로 '근심의 성'이라 이름 붙였다. 성안에는 '조고대'弔古臺(옛일을 조문하는 누대)가 있고, 성에는 네 문이 있는데, 충의문忠義門과 장렬문壯烈門과 무고문無辜門과 별리문別離門이 그것이다.

천군은 단전[53]에서 흉해를 건너 네 문을 활짝 열고 들어가 조고대에 올랐다. 때마침 서글픈 바람이 쏴아아 불어오고 수심에 찬 달빛이 처량히 비쳤다. 그러자 원한과 울분을 품은 사람들이 일제히 네 문 안으로 들어왔다. 천군은 애처로이 앉아 관성자[54]에게 그 광경을 대략 기록하게 했다.

관성자는 명을 받고 물러나 눈물을 머금은 채 먼저 충의문 안을 보았다.

---

52. **아미산**峨眉山  사천성 아미현峨眉縣에 있는 산. '아미'는 눈썹을 뜻한다.
53. **단전**丹田  심장의 밑부분인 중단전中丹田을 지명에 빗대어 한 말.
54. **관성자**管城子  붓을 의인화한 말. 당나라 한유韓愈의 「모영전」毛穎傳에 나오는 말.
55. **걸왕**桀王  하夏나라의 마지막 왕. 주지육림에 빠져 포악무도한 행동을 한 폭군으로 유명하다.
56. **주왕**紂王  상商나라의 마지막 왕. 불에 달군 쇠기둥 위를 걷게 하는 포락형炮烙刑을 사용하는 등 폭군으로 유명하다.

가을 서리가 서늘하고, 태양이 뜨겁게 내리쬐고 있었다. 맨 앞에 두 사람이 서 있는데, 한 사람은 하나라 걸왕[55]에게 머리를 잘린 이고, 또 한 사람은 은나라 주왕[56]에게 심장이 찢긴 이였다. 관용방[57]과 비간[58]이 아니고 그 누구겠는가?

그 중간에는 황옥[59]과 좌독[60] 장식 아래 한나라 고조高祖를 닮은 사람이 있으니 기신[61] 장군임에 틀림없다. 윤건[62]을 쓰고 학창[63]을 입고, 손에 백우선[64]을 쥔 사람은 제갈무후諸葛武侯(제갈공명)가 아니겠는가? 옹치[65]가 제후가 되고 조비[66]가 황제를 칭하였으니, 의로운 선비의 울분과 영웅의 한이 어떠하겠는가? 홍문의 잔치가 끝나자 옥두가 부서져 눈처럼 흩어졌으니,[67] 충성과 격분이 세차

❀❀❀

**57. 관용방關龍逄**  하나라 걸왕의 신하로, 걸왕의 무도함을 간언하다가 처형당했다.

**58. 비간比干**  상나라 주왕의 숙부로, 주왕의 음란함을 간언하다가 피살되었다. 주왕은 "성인聖人의 심장은 구멍이 일곱이라는 말을 들었다"라면서 비간을 죽인 다음 그 심장을 꺼내 보았다고 한다.

**59. 황옥黃屋**  황제의 수레 덮개. 황색 비단으로 만들었다.

**60. 좌독左纛**  황제의 수레 왼쪽 위에 세우는 깃발.

**61. 기신紀信**  한나라 고조의 무장. 고조가 형양滎陽에서 항우項羽의 군사들에게 포위되어 위급할 때, 고조와 얼굴이 닮은 기신이 고조의 수레에 대신 타고 적에게 거짓 항복함으로써 고조를 살렸다. 항우는 속은 것을 알고 기신을 불에 태워 죽였다.

**62. 윤건綸巾**  비단으로 만든 두건.

**63. 학창鶴氅**  새의 깃털로 만든 외투.

**64. 백우선白羽扇**  흰 깃털로 만든 부채.

**65. 옹치雍齒**  한나라 고조의 무장. 고조 유방劉邦이 처음 군사를 일으켰을 때 기반으로 삼던 풍읍豐邑 땅을 맡겼으나 배반했고, 나중에는 항우의 수하에 들어가 유방을 공격했다. 훗날 유방에게 항복한 뒤 한나라 개국에 공을 세웠으나, 유방은 자신을 여러 차례 어려운 처지에 빠뜨린 옹치를 미워했다. 유방은 중국을 통일한 뒤 장량張良의 계책을 써서 자기가 가장 미워하던 옹치를 먼저 제후에 봉함으로써 다른 여러 장수를 안심시켰다.

**66. 조비曹丕**  위魏나라 문제文帝. 조조曹操의 장남으로, 한나라 황제를 폐하고 위나라를 세웠다.

게 일어 죽음에 이르도록 두 마음을 품지 않은 사람은 범증이다. 적토마를 타고 청룡도青龍刀를 쥐고 푸른 도포를 입고 긴 수염을 날리며 의기양양한 영웅의 풍모를 지녔으나, 여몽[68]의 꾀에 빠지고 말아 강동江東(오나라)을 병탄하지 못한 것을 한스러워한 사람은 관우다. 길게 휘파람 불던 유곤[69]과 칼로 삿대를 치던 조적[70]은 뜻을 이루지 못한 채 죽었으니, 천지는 무정하기도 하다.

그 뒤로는 장순·허원·뇌만춘·남제운[71]이 있는데, 모두 충성스럽고 씩씩하며 의롭고 절의 있는 이들이다. 오랑캐가 일으킨 먼지가 해를 가려 여러 고을이 석권될 때 수양성[72] 안에는 어쩌면 이리도 대장부가 많았던가? 손가락을 잘라서 낸 피는 하란진명의 마음을 움직이지 못했으나 화살은 석탑에 박혔으니,[73] 정성이

---

67. **홍문鴻門의 잔치가~눈처럼 흩어졌으니** '홍문'은 섬서성 임동현臨潼縣의 지명으로, 한나라 고조 유방과 항우가 여기서 모임을 가진 바 있다. 홍문의 잔치에서 항우의 신하 범증范增은 유방을 죽이려는 계교를 꾸몄는데, 유방의 신하 장량이 이를 간파하여 유방은 화를 면할 수 있었다. 유방이 몸을 피한 뒤 장량이 유방을 대신해 항우와 범증에게 옥두玉斗(옥으로 만든, 술을 뜨는 기구)를 선물로 바치자, 범증은 계획이 실패로 돌아간 데 성이 나서 칼을 뽑아 옥두를 부수었다.

68. **여몽呂蒙** 삼국 시대 오吳나라 손권孫權의 부하 장수. 여몽의 계교로 관우關羽가 지키던 형주성荊州城이 함락되었다.

69. **유곤劉琨** 동진東晉 사람으로, 자는 월석越石이다. 흉노군에게 포위되었을 때 성루에 올라 휘파람을 부니 그 소리의 처연함에 흉노군이 포위를 풀고 떠났다는 고사가 전한다.

70. **조적祖逖** 동진 사람으로, 자는 사치士稚이다. 강을 건널 때 칼로 삿대를 치며 중원을 평정하고 돌아올 것을 맹세했다는 고사가 전한다.

71. **장순張巡·허원許遠·뇌만춘雷萬春·남제운南霽雲** 당나라 현종玄宗 때의 장수들. 안녹산安祿山의 난이 일어나자 수양성睢陽城을 지키며 최후까지 싸우다가 순절했다.

72. **수양성睢陽城** 하남성河南省 상구商丘의 남쪽에 있던 성. 안녹산의 난 때 강남 일대의 방어선 역할을 했던 요충지이다.

돌은 꿰뚫지만 사람을 감동시키지는 못한다는 것인가? 원통하도다, 원통하도다! 사람이 돌보다 완고하단 말인가?

악비의 '정충' 깃발 쓰러지니 등에 새긴 글자가 부질없어졌고,[74] 종택은 "황하를 건너자!"라는 말을 세 번 외친 뒤 패해 죽었거늘[75] 하늘은 왜 말이 없는가? 허리띠에 자찬[76]을 쓰고 조용히 죽음을 택했으니, 가련하다, 문천상이여![77] 나이 어린 임금을 등에 업고 나라와 함께 죽었으니, 슬프도다, 육수부여![78]

맨 뒤에는 중국의 제도와 다른 의관을 갖춘 이들이 있었다. 500년 강상綱常(떳떳한 도리)의 무게를 제 한 몸에 짊어진 한림학사

꽃꽃꽃꽃

**73. 손가락을 잘라서~석탑에 박혔으니**  하란진명賀蘭進明은 당나라의 어사대부御史大夫로, 수양성 전투 당시에 임회절도사臨淮節度使로서 대군을 거느리고 있었다. 남제운이 장순의 명을 받아 하란진명에게 구원을 요청했으나 하란진명은 거절했다. 남제운은 자신의 손가락 하나를 자르고 나오면서 석탑에 활을 쏘아 보이며 적을 깨뜨리고 돌아와 꼭 하란진명을 멸하겠노라고 맹세했는데, 그가 쏜 화살이 깃 부분까지 돌에 박혔다고 한다.

**74. 악비岳飛의 '정충'精忠~글자가 부질없어졌고**  '악비'는 남송南宋의 장군으로, 금金나라에 맞서 싸우며 여러 차례 공을 세워 고종高宗으로부터 '정충악비'精忠岳飛라고 적힌 깃발을 받았다. 그러나 이후 금나라와의 화의를 주장한 진회秦檜의 모함을 받아 사형당했다. 어린 시절 악비의 모친이 악비의 등에 '진충보국'盡忠報國 네 글자를 새겼다고 한다.

**75. 종택宗澤은 "황하를~패해 죽었거늘**  '종택'은 북송 말 남송 초의 충신으로, 개봉 유수開封留守를 지냈다. 금나라와 싸워 중원을 회복할 것을 주장했으나 받아들여지지 않자, 제갈공명을 노래한 두보杜甫의 시 가운데 "승리를 거두기 전에 이 몸 먼저 죽으니 / 영웅들로 하여금 눈물이 옷깃 적시게 하네"(出師未捷身先死, 長使英雄淚滿襟)라는 구절을 읊은 뒤 "황하를 건너자!"(過河)라는 말을 세 번 외치고 숨을 거두었다.

**76. 자찬自贊**  자기 자신에 대해 서술한 짧은 형식의 글.

**77. 허리띠에 자찬自贊을~가련하다, 문천상文天祥이여**  '문천상'은 남송 말의 재상으로, 원나라에 항전하다 사로잡혀 원나라의 회유를 거부하고 처형되었다. 연경燕京에서 죽음을 당할 때 공자의 인仁과 맹자의 의義를 따르다 죽으니 부끄러움이 없다는 내용의 자찬을 허리띠에 써서 남겼다.

**78. 나이 어린~슬프도다, 육수부陸秀夫여**  '육수부'는 남송 말의 충신으로, 남송의 마지막 보루였던 애산厓山이 원나라에 함락되자 어린 임금 조병趙昺을 등에 업고 바다로 뛰어들어 죽었다.

와 호두장군 대여섯 사람[79]이 무리 지어 당당하게 들어왔다. 이 밖에도 고금에 걸쳐 나라 위해 몸 바쳐 의리를 따르고 인仁을 이룬 사람들이 무수히 많아 이루 다 기록할 수 없다.

다음으로 장렬문 안을 보았다.

천둥소리가 울리며 음산한 바람이 서늘하게 불고 있었다. 맨 앞에 한 사람이 백마를 타고 촉루검[80]을 비껴 찼는데, 절강의 높은 파도처럼 노기를 띠고 있었다.[81] 이 사람은 바로 살아서 충과 효를 다했던 오자서[82]다. 그 뒤에 무지개를 토하는 기운으로 자신을 알아주는 사람을 위해 목숨을 던지고자 비수를 어루만지며 장사壯士의 노래를 부르는 사람은 형가[83]다.

서초패왕[84]은 오추마[85]를 타고 천하를 주름잡으며 8년 동안 전

---

79. 한림학사翰林學士와 호두장군虎頭將軍 대여섯 사람  사육신을 가리킨다. '한림학사'는 사육신 중 성삼문·박팽년 등의 집현전 학사를, '호두장군'(호랑이처럼 위엄 있는 장군)은 무신인 유응부를 가리킨다.
80. 촉루검屬鏤劍  오나라 왕 부차夫差가 그 신하 오자서에게 자결하라고 준 칼.
81. 절강浙江의 높은~띠고 있었다  부차는 오자서의 시체를 말가죽 부대에 담아 절강에 버렸는데, 훗날 오나라 사람들은 절강에 높은 파도가 치는 것이 오자서의 분노 때문이라 생각했다고 한다. '절강'은 절강성浙江省 항주杭州 일대를 흐르는 전당강錢塘江을 말한다.
82. 오자서伍子胥  춘추시대의 정치가. 초나라 사람이었으나 아버지와 형이 처형되자 오나라 왕 합려闔閭를 보좌하여 초나라에 복수했다. 합려의 뒤를 이어 왕위에 오른 부차와 월越나라 정벌 문제로 사이가 벌어져 결국 자결했다.
83. 형가荊軻  전국시대 말의 자객. 연燕나라 태자 단丹의 부탁으로 비수를 품고 진시황을 죽이러 갔는데, 송별의 자리에서 "바람은 쓸쓸하고 역수는 차갑네 / 장사는 한번 가면 돌아오지 못하리"(風蕭蕭兮易水寒, 壯士一去兮不復還)라는 노래를 불렀다는 고사가 있다.
84. 서초패왕西楚霸王  항우項羽.
85. 오추마烏騅馬  항우의 명마名馬.

쟁을 하다가 오강[86]에서 꿈이 끊어졌다. 회음 사람 한신[87]은 주군이 자기 옷을 벗어 준 은혜에 감동하여[88] 100만 군대를 이끌고 나가서 싸우면 이기고 공격하면 얻었으나[89] 새를 다 잡고 나면 활이 버려지듯이 결국 아녀자의 손에 죽고 말았으니,[90] 참으로 애석하다!

손책은 소패왕이라 불리는데, 강동에 웅거하여 천하를 호시탐탐 노렸지만 용렬한 자의 활에 쓰러졌으니,[91] 남은 한이 강물 따라 동쪽으로 흐른다. 부견은 전진의 군사들이 채찍을 던지면 강을 막을 수 있을 정도로 많다고 자랑하며 100만 정예 부대를 거느리고 거침없이 진군했으나 팔공산의 초목에 놀라 마침내 호랑이를 기른 재앙을 당했다.[92]

아아! 군웅이 벌떼처럼 일어났던 시절에는 성공하면 제왕이 되고, 패하면 도적이 되었다. 소를 타고 『한서』를 읽던 자[93] 또한 한

---

86. **오강烏江** 안휘성安徽省에 있는 강. 여기서 항우가 유방의 군대에 쫓겨 자살했다.

87. **한신韓信** 한나라 고조의 장군. 강소성 회음淮陰 출신으로, 한나라가 천하를 통일하는 데 가장 큰 공을 세워 회음후淮陰侯가 되었으나 모반죄로 처형되었다.

88. **주군이 자기 옷을 벗어 준 은혜에 감동하여** 고조는 한신을 몹시 우대해서 자신이 입고 있던 옷을 벗어 한신에게 입혀 주었다고 한다.

89. **100만 군대를~공격하면 얻었으나** 고조가 한신을 칭찬한 말로, 『사기』「고조 본기」高祖本紀에 나온다.

90. **새를 다 잡고~죽고 말았으니** 『사기』「회음후 열전」淮陰侯列傳에 나오는 말. 한신은 고조의 비妃 여후呂后의 꾐에 빠져 죽음을 당했다.

91. **손책孫策은 소패왕小霸王이라~활에 쓰러졌으니** '손책'은 후한後漢 말의 무장으로, 자는 백부伯符이다. 아버지 손견孫堅의 뒤를 이어 강남을 장악함으로써 오나라의 기초를 닦았으나, 자신이 죽인 허공許貢의 자객이 쏜 화살에 목숨을 잃었다. 그 뒤 아우 손권孫權이 손책의 지위를 계승했다.

시절의 호걸이었다. 당나라의 좋은 시절이 저물자 황제의 옥좌 밖은 온통 구렁이나 큰 돼지처럼 흉포한 무리로 가득했다. 이극용[94]은 본래 사타[95] 사람으로, 당나라 왕실을 보존하고자 하는 마음을 간직했고 흉악한 무리들을 제거하고자 하는 뜻이 간절했으나, 주온[96]이 황제의 자리에 오르자 근심 속에 죽었다.

그 밖에 웅대한 포부를 실현하지 못하고 공업功業이 허사로 돌아갔으나 한갓 성패만으로 논할 수 없는 자들은 이루 다 기록할 수 없다. 다만 문밖에 두 사람이 주저하며 감히 들어오지 못한 채 마주 보고 눈물을 흘리고 있는 것이 보였다. 한 사람은 한나라의

❦❦❦

92. **부견符堅은 전진前秦의~재앙을 당했다**  '부견'은 남북조 시대 5호 16국 중 가장 강성했던 전진의 군주이다. 부견은 군사들이 채찍을 던지면 강물을 막을 수 있을 정도의 대군을 거느렸다고 자랑하며 전진의 100만 군대를 동원해 동진東晉을 공격했다. 부견은 동진 군사의 수가 적다고 여겨 얕잡아보다가 동진의 대군이 나타나 공세를 펴자 놀라서 근처에 있던 팔공산八公山의 초목까지도 전부 동진의 군사로 보였다고 한다. 이 싸움에서 패배한 뒤 휘하의 모용수慕容垂가 이반하여 나라를 빼앗았고, 요장姚萇이 반란을 일으켜 부견을 죽였다. 이에 앞서 부견이 모용수를 중용하자 부견의 아우 부융符融이 맹수를 키우면 반드시 후환이 있다고 간언했으나, 부견은 받아들이지 않았다.

93. **소를 타고 『한서』漢書를 읽던 자**  이밀李密을 가리킨다. 수隋나라 말 혼란기에 군사를 일으켜 큰 세력을 가졌으나 당나라에 항복했고, 훗날 반란을 일으켜 죽음을 당했다. 젊은 시절에 『한서』를 쇠뿔에 걸고 소를 탄 채 읽었다고 한다.

94. **이극용李克用**  당나라 말의 장군. 돌궐突厥 출신으로, 당나라에 귀화하여 이씨 성을 받았다. 황소黃巢의 난을 진압하는 데 공을 세워 진왕晉王에 봉해졌으며, 끝까지 당나라 왕실을 지키기 위해 충성했다. 그 뒤 아들 이존욱李存勗이 후당後唐을 세웠다.

95. **사타沙陀**  서돌궐西突厥의 부족 이름.

96. **주온朱溫**  주전충朱全忠의 본명. '전충'은 당나라 희종僖宗이 내린 이름이다. 당나라 황제를 시해하고 후량後梁을 세웠다.

97. **이릉李陵**  한나라 무제武帝 때의 장군으로, 흉노의 대군과 싸우다 포로가 되었다. 포로가 된 뒤에도 흉노의 정세를 탐지하여 한나라 조정에 알리고자 했으나, 무제가 자신의 삼족을 멸한 것을 알고 선우單于의 딸을 아내로 맞아 그곳에서 살다가 죽었다.

장군 이릉[97]이었다. 이릉은 5천 군사를 이끌고 흉노의 40만 기병에 맞서다 힘이 다해 항복하고 말았다. 장차 도모하고자 하는 바가 있었으나 한나라에서 그의 삼족三族을 멸하자 돌아올 수 없었다. 또 한 사람은 동진東晉의 형량 도독 환온[98]이었다. 평승루에서 북방을 바라보며 탄식한 것[99]을 보면 영웅의 뜻이 있었던 듯하지만, 악명이라도 남겨야 한다고 말하거나[100] 구석을 요청한 일[101]을 보면 어찌 그리 불충한 마음을 길렀던 것일까. 적에게 투항한 장군과 반역의 마음을 품은 도독이 여기서 무엇을 하는 걸까? 혹 뉘우치고 있는 것은 아닐까?

다음으로 무고문 안을 보았다.

구름은 시름겹고 안개는 애처로우며, 비는 차갑고 바람은 서늘한데, 귀한 사람, 천한 사람, 많은 무리, 적은 무리가 섞인 채로 무수한 원혼이 떼 지어 왔다. 40만 명이 무리 지어 오는 것은 장평의 조나라 병사들[102]이고, 예두장군[103]을 선두로 무리 지어 오

꽃꽃꽃꽃

98. **환온桓溫** 동진東晉의 장군으로, 형량 도독荊梁都督(형주·양주 등 4주의 군사 책임자)·대사마大司馬를 지내며 북방을 공략하여 여러 차례 공을 세웠다. 나라를 빼앗으려는 야심이 있었으나 뜻을 이루지 못하고 죽었다.

99. **평승루平乘樓에서 북방을 바라보며 탄식한 것** 환온이 북방 정벌에 나섰을 때 평승루에 올라 북쪽을 바라보면서 중원이 오랑캐에게 점령되어 황폐해진 것은 서진西晉의 대신이었던 왕연王衍 등이 노장老莊에 경도되어 청담淸談과 풍류를 일삼은 탓이라고 탄식한 일을 말한다.

100. **악명이라도 남겨야 한다고 말하거나** 환온은 후세에 아름다운 이름을 남기지 못하면 악명이라도 남겨야 한다는 말을 했다.

101. **구석九錫을 요청한 일** '구석'은 큰 공을 세운 신하에게 임금이 최대의 예우를 하여 특별히 내리는 아홉 가지 은전恩典. 환온은 동진 조정에 구석을 요청한 바 있다.

는 30만 명은 신안의 진나라 병사들[104]이다. 백기는 본래 진나라 장군이므로 시대는 다르지만 진나라 군대의 장수 노릇을 하고 있었다.

고양의 술꾼 역이기[105]는 세 치 혀로 70여 성을 복속시켰으나 일이 어그러져 죄 없이 가마솥의 끓는 물에 삶겨 죽었다. 위태자는 강충의 농간에 분노하여 고작 태형에 해당하는 죄를 짓고 자결했으니, 호숫가 높은 누대에서 부질없이 그리움의 눈물을 뿌리고 있다.[106] 술 마시고 귀가 불그레해져서 질장구를 치며 노래 부른 것이 세상과 무슨 상관이 있겠는가마는 그 때문에 허리를 베여 죽음을 당하기에 이르렀으니, 참혹하다, 평통후 양운이여![107] 혼탁한 무리를 꾸짖고 맑은 이들을 칭송하던 많은 선비들이 시절

❦❦❦❦

102. **장평長平의 조趙나라 병사들** '장평'은 전국시대 조나라의 고을 이름으로, 지금의 산서성山西省 고평현高平縣. 진나라 장군 백기白起가 이곳에서 조나라 군사를 물리친 뒤 항복한 병사 40만 명을 구덩이에 묻어 몰사시켰다.

103. **예두장군銳頭將軍** 진나라 장군 백기를 말한다. 백기의 머리 모양이 작고 뾰족하다고 해서 붙은 별명이다.

104. **신안新安의 진秦나라 병사들** 신안은 하남성의 현縣 이름. 항우가 진나라 병사 20만 명을 이곳에 묻어 몰사시켰다.

105. **역이기酈食其** 한나라 고조의 신하로, 원래 하남성 고양高陽 땅의 술꾼이었다. 제齊나라에 사신으로 가서 한나라에 항복하게 하고 제나라 70여 성을 한나라에 복속시켰다. 그러나 훗날 한신이 제나라를 공격하자 제나라에서는 역이기를 잡아 솥에 삶아 죽였다.

106. **위태자衛太子는 강충江充의~뿌리고 있다** '위태자'는 한나라 무제의 아들로, 시호를 따서 여태자戾太子라고도 한다. 조趙나라에서 죄를 짓고 한나라로 도망 온 강충이 무제와 위태자를 이간질하여 위태자를 모함하자, 위태자는 분을 이기지 못하고 무제의 허락 없이 군대를 동원해 강충을 베어 죽인 뒤 달아나다가 자살했다. 훗날 신하 전천추田千秋가 무제에게 위태자의 잘못은 태형笞刑에 해당하는 작은 죄라며 위태자의 신원伸寃을 청하니, 무제는 이에 감동하여 죽은 태자를 애도하는 뜻에서 호숫가에 망사대望思臺를 지었다.

170

에 무슨 해를 끼친다고 그들을 죽음으로 몰아넣었던가? 원통하구나, 범방과 선비들이여![108] 또 이경업과 낙빈왕은 의분을 느껴 제 몸을 돌아보지 않고 옛 군주를 복위하고자 하여 하늘에 통하는 의리와 고금을 꿰뚫는 충성을 바쳤으나 일이 그릇되어 목숨을 잃고 말았으니,[109] 귀신이여! 이들에게 무슨 죄가 있단 말인가? 아아, 슬프다! 선비가 온몸을 바쳐 자기 직분을 다했으면 그만이지 죽었다 해서 무슨 유감이 있겠는가?

그러나 이들 중에 고금을 통틀어 가장 큰 한을 품고 이승과 저승 모두에 의분이 간절히 맺혀 괴롭디괴롭고 슬프디슬프지만 차마 말하지 못하고 차마 말할 수 없는 일이 있다. 제나라 왕은 송백나무 사이에서 굶어 죽었고,[110] 초나라 의제는 강에서 죽었으

---

꿏꿏꿏꿏

107. **술 마시고~평통후平通侯 양운楊惲이여** '양운'은 한나라 선제宣帝 때의 인물로, 사마천의 외손자이다. 황후 곽씨霍氏 일가의 역모를 고발한 공으로 평통후가 되었으나, 말을 함부로 한 죄로 조정에서 쫓겨나 서인庶人이 된 후 친구 손회종孫會宗에게 보낸 답서 중에 "술 마시고 귀가 불그레해지면 하늘을 우러러 질장구를 두드리며 노래 부르네"라는 글을 썼다. 이 글에 불평불만의 뜻이 담겨 있다고 고발한 이가 있어 양운은 대역무도죄로 허리를 베이는 형벌을 당했다.

108. **혼탁한 무리를~범방范滂과 선비들이여** 범방은 후한 말 영제靈帝 때의 문신으로, 자는 맹박孟博이다. 벼슬을 그만둔 뒤 청렴한 선비들과 어울려 혼탁한 풍조를 배격하고 훌륭한 사람을 추어올렸다. 이를 두고 권세를 누리던 환관과 간신들은 범방 일당이 조정을 비방하고 풍속을 어지럽힌다고 참소함으로써 범방은 목숨을 잃었고 수백 명의 선비가 체포되어 처형되거나 평생 벼슬하지 못하는 조치를 당했다.

109. **이경업李敬業과 낙빈왕駱賓王은~잃고 말았으니** '이경업'은 당나라의 명장 이적李勣의 손자로, 측천무후則天武后가 중종中宗을 폐하고 스스로 황제가 되자 무후를 토벌하려다 실패하여 죽었다. '낙빈왕'은 당나라 초의 대표적인 시인으로, 이경업이 군사를 일으켜 무후를 토벌하려 하자 그에 가담하여 격문檄文을 지었다. '옛 군주'는 측천무후가 폐위시킨 중종을 가리킨다.

110. **제나라 왕은~굶어 죽었고** 전국시대 말에 제나라 왕 전건田建은 진나라에 매수된 간신들의 말을 듣고 진나라에 항복했다가 공현共縣의 송백나무 사이에 옮겨져 굶어 죽었다.

니,[111] 나라를 빼앗은 것만으로도 족하거늘 어찌 차마 이들을 죽인단 말인가? 충신의 눈물이 멈추지 않고, 열사의 한은 다함이 없다. 관성자는 이러한 생각에 이르니 심란하기 그지없어 더 이상 일일이 기록할 수 없었다.

다음으로 별리문 안을 보았다.

석양에 풀은 시들었는데 가고 또 가고, 오고 또 오며, 생이별과 사별에 마음 상하여 혼을 녹이고 있었다. 가장 한스러운 것은 한나라 황제가 오랑캐를 막을 방법이 없어 공주와 왕소군을 연이어 멀리 시집보낸 일[112]이다. 한나라 궁궐에서 곱게 단장하던 여인이 오랑캐 땅의 후궁이 되다니, 이처럼 운명이 기박한 이가 몇이나 되던가? 비파 연주와 「홍곡가」에 깃든 한[113]이 지금까지 남아 있어 변방의 관문에 뜬 달은 청총[114]을 비추고, 변경의 기러기는 고

111. **초나라 의제義帝는 강에서 죽었으니** 진秦나라 말에 강동江東에서 군사를 일으킨 초나라 장군 항량項梁은 민심을 좇아 초나라 회왕懷王의 손자를 왕으로 세워 회왕이라 칭했다가 훗날 '의제'라고 높였다. 그러나 곧이어 항량의 조카 항우가 의제를 호남성湖南省의 장사長沙로 쫓아낸 뒤 강에서 죽였다. 한편 김종직金宗直이 이를 소재로 「조의제문」弔義帝文을 지어 세조가 단종의 왕위를 찬탈한 일을 우의寓意한 바 있다.

112. **공주와 왕소군王昭君을~시집보낸 일** 한나라 무제가 강도왕江都王 유건劉建의 딸 세군공주細君公主, 곧 오손공주烏孫公主를 오손烏孫(한나라 서쪽 변경 밖에 있던 나라)의 군주에게 시집보낸 이래로 한나라 왕실에서는 주변 이민족과의 화친을 위해 혼인 관계를 맺는 일이 많았다. 왕소군은 한나라 원제元帝 때의 궁녀로, 절세미인이었으나 흉노의 군주에게 시집가야 했다.

113. **비파 연주와 「홍곡가」鴻鵠歌에 깃든 한** 왕소군은 흉노의 군주에게 시집가기 위해 한나라를 떠나며 말 위에서 비파를 타 자신의 한을 드러냈다. 「홍곡가」는 세군공주(오손공주)가 오손의 군주에게 시집가서 고향을 그리워하며 부른 노래이다. 「오손공주가」烏孫公主歌라고도 한다.

114. **청총靑塚** 왕소군의 무덤. 흉노 땅의 풀빛은 모두 흰데 왕소군의 무덤에는 푸른빛 풀이 자란다고 하여 붙은 이름.

국 소식을 전하지 않는다.

소무는 바닷가에서 양을 치며 10년 동안 깃발을 놓지 않다가 백발이 되어서야 고국으로 돌아오니[115] 무릉[116]에는 가을비가 내렸다. 정령위는 구름 속의 학이 되어 1천 년 만에 고향에 돌아오니 풍경은 예전 그대로인데 사람들은 모두 예전 사람이 아닌지라[117] 외로운 달만 무덤을 비추니, 신선과 범인이 다르지만 이별의 마음은 다르지 않을 터이다.

죽궁의 연기 속에서 말하지도 않고 웃지도 않아 가을바람 읊조린 나그네의 애간장을 끊넌 사람[118]이 있고, 마외파 아래에서 옥이 부서지고 꽃잎이 흩어져 달밤에 노닐던 낭군의 마음을 아프게 한 사람[119]이 있다.

깊은 규방에서 나고 자라 연나라 남자[120]와 결혼했거늘, 낭군이

※※※※

115. **소무蘇武는 바닷가에서~고국으로 돌아오니** '소무'는 한나라 무제의 신하로, 자는 자경子卿이다. 흉노에 사신으로 갔다가 억류되어 북해北海 가에서 양을 치며 목숨을 부지했다. 억류 기간 내내 한나라 사신의 깃발을 손에서 놓지 않고 살다가 19년 만에 한나라로 돌아왔다.

116. **무릉茂陵** 한나라 무제의 능. 소무가 돌아왔을 때는 이미 무제가 죽고 소제昭帝가 즉위해 있었다.

117. **정령위丁令威는 구름~사람이 아닌지라** 정령위는 한나라 때 요동遼東 사람이다. 신선술을 익혀 1천 년 만에 학이 되어 고향으로 돌아와 화표주華表柱(무덤 앞에 세우는 돌기둥) 위에 앉았는데, 한 소년이 활로 쏘려 하자 "성곽은 예전 그대로인데 사람은 예전 사람이 아니구나 / 왜 신선술을 배우지 않아 무덤만 즐비한가"라고 읊조리고 떠났다는 고사가 전한다.

118. **죽궁竹宮의 연기~끊던 사람** 한나라 무제의 후궁 이부인李夫人을 말한다. '가을바람 읊조린 나그네'는 「추풍사」秋風辭를 지은 무제를 말한다. '죽궁'은 무제가 함양咸陽에 감천궁甘泉宮을 지으면서 둔 사궁祠宮으로, 대나무로 지었다. 무제는 사랑하던 이부인이 젊은 나이에 죽자 그 초상을 죽궁에 두고 추모했다. 무제는 방사方士로 하여금 이부인의 혼령을 불러내게 했는데, 당시 이부인의 모습이 장막 너머에 어른거렸다는 고사가 전한다.

공명을 중시하고 이별을 가벼이 여길 줄 어찌 알았겠는가? 화살을 등에 지고 청해[121]로 출정하니 긴긴 여름날과 긴긴 겨울밤에 낭군 없이 누구와 살까?[122] 옥 같은 뺨은 시름으로 녹아내리고, 꽃다운 얼굴은 원한으로 초췌하다. 매화 꺾어 편지와 함께 부치려 해도[123] 전해 줄 사람이 없고, 비단에 글자를 수놓았지만[124] 금고의 잉어가 없으니,[125] 푸른 누각에서 구슬발을 걷고 꾀꼬리만 쫓아낼 따름이다.[126]

또 임금의 총애를 잃어 오랫동안 장신궁[127] 문이 닫히니, 먼 곳으로 떠난 임과의 이별이라면 어쩔 수 없다지만 가까이 있는 임과

---

**119. 마외파馬嵬坡 아래에서~아프게 한 사람**  양귀비楊貴妃를 말한다. '달밤에 노닐던 낭군'은 당나라 현종을 말한다. 현종이 양귀비와 함께 달밤에 꽃구경을 하며 풍류를 즐긴 적이 있기에 한 말이다. '마외파'는 섬서성의 지명으로, 안녹산의 난 때 당나라 현종이 촉蜀으로 피란 가던 도중 군사들의 강요에 못 이겨 이곳에서 양귀비를 죽게 했다.

**120. 연燕나라 남자**  미상.

**121. 청해青海**  청해성青海省의 동북부에 있는 큰 호수. 티베트에 가깝다.

**122. 긴긴 여름날과~누구와 살까**  『시경』 당풍唐風 「갈생」葛生에서 따온 말.

**123. 매화 꺾어~부치려 해도**  삼국시대 오나라 육개陸凱의 시에서 따온 말.

**124. 비단에 글자를 수놓았지만**  남편에게 보낼 시 혹은 편지를 썼다는 뜻. 전진前秦의 두도竇滔가 임지에서 첩과 지내며 아내 소혜蘇蕙를 돌보지 않자, 소혜는 비단에 회문시廻文詩를 수놓아 남편에게 보내 남편의 마음을 감동시켰다는 고사가 있다.

**125. 금고琴高의 잉어가 없으니**  편지를 전할 사람이 없다는 뜻. '금고'는 주대周代의 조趙나라 사람으로, 신선술을 배워 잉어를 타고 승천했다는 전설이 있다. 또 한나라 때 연인이 보낸 한 쌍의 잉어 배 속에 비단에 쓴 편지가 들어 있었다는 이야기 등 잉어가 편지를 전한 고사가 있다.

**126. 꾀꼬리만 쫓아낼 따름이다**  꾀꼬리 소리에 낭군을 만나는 꿈에서 깰까 봐 꾀꼬리를 쫓는다는 뜻. 작자 미상의 당시唐詩 「이주가」伊州歌에서 따온 말로, 시는 다음과 같다. "꾀꼬리를 쫓아내 / 가지 위에서 못 울게 하소. / 꾀꼬리 울면 꿈이 깨어 / 임 찾아 요서遼西 땅 이를 수 없네."(打起黃鸎兒, 莫教枝上啼. 啼時驚妾夢, 不得到遼西.)

**127. 장신궁長信宮**  한나라 때 후비后妃가 거처하던 궁궐.

의 이별은 어찌한단 말인가? 섬돌에는 부질없이 이끼만 자라고 임금의 수레는 오지 않으며, 창가에는 반딧불이만 지나가고 궁궐에는 사람 하나 없다.[128] 부賦를 살 돈[129]이 어찌 없을까마는 겨울 까마귀의 빛깔[130]을 부러워할 뿐이니, 시름겹고 시름겨워라!

향기로운 넋이 한밤중 검광劍光과 함께 날아갔으니,[131] 이는 초나라 휘장 속의 우희[132]다. 생이별이 싫어 기꺼이 죽음으로 이별하는 것을 택했으니, 이 사람은 금곡의 녹주[133]다. 봄풀은 우거졌거늘 왕손王孫이 돌아오지 못한 것이 한스럽고,[134] 아득한 구름을 바라보며 효자는 먼 곳에 계신 부모님을 생각한다.[135] 친구간의 의리가 절실하여 구름과 나무가 서로를 그리워하고,[136] 형제간의

꽃꽃꽃꽃

128. **창가에는 반딧불이만~하나 없다** 이백李白의 시 「장문원」長門怨에서 따온 말.
129. **부賦를 살 돈** 한나라 무제가 진황후陳皇后를 멀리하여 장안성 밖의 장문궁長門宮에 거처하게 하자, 진황후는 사마상여司馬相如에게 황금 100근을 주고 자신의 슬픔을 표현한 부賦를 짓게 했다. 이에 사마상여가 「장문부」長門賦를 짓자 무제는 그 글을 보고 마음을 돌렸다.
130. **겨울 까마귀의 빛깔** 왕창령王昌齡의 시 「장신추사」長信秋詞 중 "아름다운 얼굴이 겨울 까마귀의 빛깔만 못하구나 / 까마귀는 오히려 햇빛을 받으니"(玉顔不及寒鴉色, 猶帶昭陽日影來)라는 구절에서 따온 말.
131. **향기로운 넋이~함께 날아갔으니** 북송의 여성 시인 위완魏玩의 「우미인초행」虞美人草行에 나오는 구절.
132. **우희虞姬** 초나라 항우의 비妃. 초나라의 패망이 임박하자 항우의 칼로 자결했다.
133. **금곡金谷의 녹주綠珠** '금곡'은 진晉의 부호 석숭石崇의 정원인 금곡원金谷園을 말한다. 하남성 낙양洛陽에 있었다. '녹주'는 석숭의 애기愛妓이다. 대신 손수孫秀가 석숭에게 녹주를 달라 했으나 석숭이 응하지 않자, 손수는 조趙나라 왕을 부추겨 석숭을 죽이고자 했다. 이 사실을 안 녹주는 금곡원의 누각에서 투신하여 스스로 목숨을 끊었다.
134. **봄풀은 우거졌거늘~못한 것이 한스럽고** 『초사』의 「초은사」招隱士에서 따온 말.
135. **아득한 구름을~부모님을 생각한다** 당나라 때 적인걸狄仁傑이 태항산太行山에 올라 흰 구름을 바라보며 고향의 부모를 생각했다는 고사가 있다.

정이 사무쳐 경주와 뇌주에서 서로를 바라본다.[137]

관성자는 눈물이 마르고 머리털이 빠져[138] 더 이상 자세히 기록할 수 없었다. 그리하여 "인간 세계에는 이별이 많기도 하다"라는 시구절을 읊조리며 천상으로 몸을 피하려 했으나, 하늘에서 견우와 직녀를 만나자 다시 발길을 돌려 땅으로 내려왔다. 그때 성 밖에 있던 어떤 사람이 관성자를 붙잡고 말했다.

"그대는 왜 옛일만 추억하고 지금의 일은 버려두며, 귀신의 명부만 점검하고 이승 사람은 무시하십니까? 나는 당세의 호걸이니, 내가 지은 시 한 편을 기록해 주시기 바랍니다."

사내는 소리 높여 낭랑한 소리로 시를 읊었다.


이 사람은 기이한 장부라 일컬을 만하니
열다섯 살 되기 전 『육도』[139]에 통달했네.
칼을 써 보지 못해 칼집에 먼지가 쌓였거늘
변경 산하 바라보니 가을 기운 드높아라.


꙾꙾꙾꙾

136. **구름과 나무가 서로를 그리워하고** 두보가 멀리 떨어져 있는 이백을 그리워한다는 뜻. 두보의 시 「봄날 이백을 그리워하며」(春日憶李白)에서 따온 말.
137. **경주瓊州와 뇌주雷州에서 서로를 바라본다** '경주', 곧 해남도海南島로 귀양 간 형 소식蘇軾과 '뇌주'(광동성 서남부의 지명)로 귀양 간 아우 소철蘇轍이 서로 그리워한다는 뜻.
138. **관성자는 눈물이 마르고 머리털이 빠져** 먹물이 마르고 붓의 털이 빠져 몽당붓이 되었음을 시사한다.
139. 『**육도**』六韜 주周나라 태공망太公望이 지었다는 병법서.

176

중년부터 공자孔子의 책 좋아해서

온포140 입은 것쯤 부끄럽지 않았네.

쇠뿔 두드리며 노래했건만 왕의 귀에 들지 못해141

귀밑머리에 세월만 덧없이 흐르누나.


관성자는 마음이 북받쳐 그 시를 기록한 뒤, 네 문의 광경을 기록한 글을 가지고 가서 천군에게 바쳤다.

천군은 관성자의 글을 다 읽고 근심을 이기지 못해 팔짱을 낀 채 묵묵히 번민하며 그해가 다 가도록 울울해할 뿐이었다.


복초 2년 봄 2월에 주인옹이 상소했다.


계절이 바뀌어 봄이 되니 세상 만물이 새로워져 초목마저 흥겨워합니다. 지금 전하께서는 가장 신령하신 본성과 지극히 큰 기운을 지니셨거늘, '근심의 성' 때문에 편안히 지내시지 못한 지 오래이니 어찌 눈물 흘릴 만한 일이 아니겠습니까? 다만 '근심의 성'은 뿌리내린 것이 견고하여 갑자기

---

140. **온포縕袍** 마麻로 만든 옷으로, 조악해서 빈천한 자가 입는다. 공자는 제자 자로子路가 온포를 입고도 여우 갖옷 입은 사람 옆에 서서 부끄러워하지 않는다고 칭찬한 바 있다.

141. **쇠뿔 두드리며~들지 못해** 춘추시대 위衛나라의 영척寗戚이 가난해서 수레를 끌며 생활했는데, 제나라에 이르러 수레 밑에서 소를 먹이면서 쇠뿔을 두드리며 노래했다. 제나라 환공桓公이 지나가다 그 노래를 듣고는 영척이 비범한 인물임을 알아보고 대부에 임명했다.

뽑아낼 수 없습니다.

제가 듣자니 행화촌[142] 주변에 사는 장군 한 사람이 성현의 이름[143]을 얻은 데다 맹렬한 기운을 겸비하여 마치 만경창 파처럼 그 너비와 깊이를 헤아릴 수 없다고 합니다.[144] 장군은 선조가 곡성[145] 출신이고, 국생[146]의 아들로, 이름은 양[147]이고 자는 태화[148]인데, 그 부친의 풍모를 깊이 지니고 있습니다. 그 선조는 굴원과 사이가 벌어지기도 했지만,[149] 완적·완함·혜강·유령[150]과 죽림에 노닐기도 했습니다. 흰옷을 입고 심양으로 도연명을 찾아가기도 했으며,[151] 이백은 금거북을 저당 잡히고[152] 마침내 생사를 함께할 친구가 되

❀❀❀

142. **행화촌杏花村**　술 파는 곳을 뜻한다. 당나라 두목杜牧의 시 「청명」淸明 중에 "술집이 어딘가 물으니 / 목동은 저 멀리 행화촌을 가리키네"라는 구절이 있다.

143. **성현聖賢의 이름**　청주淸酒를 성인聖人, 탁주濁酒를 현인賢人이라 일컫기에 한 말.

144. **만경창파처럼 그 너비와 깊이를 헤아릴 수 없다고 합니다**　『후한서』後漢書 「황헌전」黃憲傳에서 황헌黃憲의 됨됨이를 평하여 "만경창파처럼 망망하니 맑게 하려 해도 맑아지지 않고 흐리게 하려 해도 탁해지지 않아 그 크기를 헤아릴 수 없다"라고 한 데서 따온 말.

145. **곡성穀城**　곡식[穀]을 지명에 빗대어 한 말.

146. **국생麴生**　누룩을 의인화한 말.

147. **양釀**　'양'釀(술)을 사람의 이름처럼 쓴 것.

148. **태화太和**　음양이 조화된 기운. 술을 일명 '태화탕'太和湯이라 한다.

149. **굴원屈原과 사이가 벌어지기도 했지만**　굴원이 「어부사」에서 "온 세상이 다 탁하지만 나 홀로 맑고, 세상 사람들이 모두 취했지만 나 홀로 깨어 있다"라고 했으므로 한 말.

150. **완적阮籍·완함阮咸·혜강嵇康·유령劉伶**　동진 때 죽림칠현竹林七賢에 속하는 인물들로, 술과 청담淸談, 예술로 일세를 풍미했다. 특히 유령은 「주덕송」酒德頌을 지어 술을 예찬한 바 있다.

151. **흰옷을 입고~찾아가기도 했으며**　심양潯陽(강서성의 지명)의 자사刺使 왕홍王弘이 흰옷을 입은 심부름꾼을 시켜 도연명陶淵明에게 술을 보냈다는 고사가 있기에 한 말.

152. **이백은 금거북을 저당 잡히고**　당나라의 시인 하지장賀知章이 금거북[金龜]을 술과 바꾸어 이백과 즐겁게 논 적이 있기에 한 말. '금거북'은 벼슬아치가 차던 거북 모양의 장식이다.

었습니다.[153] 그 뒤 벼슬[154]을 판 일 때문에 맑은 이름에 조금 누가 되긴 했으나 그 본심은 아니었습니다.

지금 국양은 청허淸虛를 숭상하고 부의浮義[155]를 좋아하여 청이든 탁이든[156] 가리지 않고 많은 부인[157]을 가까이하고 있으나, 연회[158]에서 국가 간의 분쟁을 원만히 해결하는 능력이 있습니다. 엎드려 생각건대 인재의 장점을 취하는 것이 현명한 군주의 용인술입니다. 전하께서는 겸손한 말씀과 후한 예물로 국양을 상좌로 초치하여 잘 대우하고[159] 벼슬을 내리시기 바랍니다. 그렇게 하신다면 '근심의 성'을 평정하고 순박한 옛날의 기풍을 회복하기 어렵지 않을 것입니다. 삼가 아뢰나이다.

글을 올리자 천군이 비답批答을 내렸다.

꽃꽃꽃꽃

153. **생사를 함께할 친구가 되었습니다**  이백의 「양양가」襄陽歌 중 "서주舒州의 구기와 역사당力士鐺이여, 이백은 너와 생사를 함께하리라"라는 구절에서 따온 말. '서주의 구기'는 서주에서 생산되는, 술 뜨는 국자를 말하고, '역사당'은 예장豫章에서 생산되는, 술 데우는 솥을 말한다.

154. **벼슬**  원문은 '爵'(작)인데, '벼슬'이라는 뜻과 '술잔'이라는 뜻을 가지고 있다.

155. **부의浮義**  '헛된 의리'라는 뜻이나 실은 부의(浮蟻), 곧 술 위에 뜨는 술밥의 밥알을 말한다.

156. **청淸이든 탁濁이든**  '청'은 청주淸酒, '탁'은 탁주濁酒를 가리킨다.

157. **부인婦人**  주모酒母, 곧 술밑을 말한다.

158. **연회宴會**  원문은 '尊俎'(준조)로, 본래 술을 담는 단지와 안주를 놓는 도마를 뜻하는데, 연회나 술자리를 뜻하는 말로 쓴다.

159. **잘 대우하고**  원문은 '尊之'(존지)인데, '잘 대접하다'라는 뜻 외에 '술통에 술을 담다'라는 뜻이 내포되어 있다. '尊'을 '존'으로 읽으면 '높이다'라는 뜻이고, '준'으로 읽으면 '술단지'라는 뜻이다.

"내가 비록 부덕하지만 간언에 대해서만은 물 흐르듯이 따르고자 한다. 국 장군麴將軍(국양)을 영접하는 일을 모두 주인옹에게 일임하니 힘써 주선하라!"

주인옹이 말했다.

"공방160이 국 장군과 친분이 있으니 초치招致해 올 만합니다."

천군은 즉시 공방을 불러 말했다.

"네가 가서 나를 위해 잘 말해서 인재를 갈망하는 내 뜻에 부응하도록 하라."

공방이 천군의 명을 받들고 그 무리 백문161과 함께 지팡이를 짚고 길을 나서 강촌과 산촌을 두루 다녔지만 국양을 찾지 못했다. 목동 하나가 도롱이를 걸친 채 소를 타고 오는 것을 보고 공방이 물었다.

"국양 장군은 지금 어디에 사느냐?"

목동은 웃으며 말했다.

"여기서 멀지 않습니다. 저기 바라보이는 곳에 계십니다."

목동은 녹양촌綠楊村 안의 붉은 살구꽃이 핀 담장을 가리켰다. 공방은 즉시 풀이 우거진 시냇가 오솔길을 따라가서 담장 앞에

---

160. **공방孔方**  '돈'을 의인화한 말. 엽전의 중앙에 네모진 구멍이 있기에 붙인 이름.
161. **백문百文**  1문文은 엽전 한 개. 따라서 '백문' 또한 '공방'처럼 '돈'을 의인화한 말.
162. **푸른 깃발**  주점酒店의 깃발.
163. **목로주점의 미인**  술집의 주모酒母를 말한다.

이르렀다. 과연 국양이 푸른 깃발[162] 아래 목로주점의 미인[163]을 데리고 앉아 있다가 공방이 오는 것을 보고 백안[164]으로 대하며 말했다.

"힘들게 먼 곳을 찾아오셨는데 제가 무엇으로 보답하지요?"

공방이 꾸짖어 말했다.

"금초로 바꾸어 오기를 바라오?[165] 서량을 바라는 게요?[166] 왜 이리 나를 경멸하시오? 복초 임금(천군)께서 '근심의 성' 때문에 힘겨워하시다가 장군이 세상의 불평한 일을 제거하는 것을 자기 임무로 삼는 데 뜻을 두고 있다는 말을 들으셨소. 그리하여 아침저녁으로 장군이 오기를 바라며 임금을 올바른 길로 인도해 달라는 부탁을 내리고자 하시오. 내가 장군과 대대로 교분이 있기에 특별히 보내 맞아 오게 하셨거늘, 어찌 이처럼 무례하오?"

국양은 그제야 백안白眼을 감추고 청안靑眼을 보이더니 채준이 좋아하던 투호[167]를 하며 말했다.

᯼᯼᯼᯼

164. **백안白眼**  동진의 완적阮籍이 좋은 사람은 청안靑眼으로 맞이하고, 싫은 사람은 백안白眼으로 맞이했다는 고사에서 유래하는 말.
165. **금초金貂로 바꾸어 오기를 바라오**  '지위 높은 신하가 나 대신 와야겠느냐'라는 뜻. '금초'는 원래 황금 고리와 담비 꼬리로 장식한 관冠인데, 높은 벼슬아치를 뜻하는 말로 쓴다. 국 장군이 공방을 백안시하므로 공방이 화가 나서, 그렇다면 나 대신 지위 높은 신하가 오기를 바라느냐고 질책하는 것이 이 구절의 표면적인 의미이다. 그런데 이 말은 동진의 완부阮孚가 황문시랑黃門侍郞으로 있을 때 금초를 술과 바꾼 고사를 염두에 두고 한 말이기도 하다.
166. **서량西涼을 바라는 게요**  '서량'은 남북조 시대 5호 16국 중의 하나. 감숙성 일대의 호족 이호李暠가 서량을 세우고 주천酒泉을 도읍으로 삼았다. 여기서는 서량에 주천이 있기에 한 말.

"근심이 있고 없는 건 오직 자기에게 달려 있소이다."

국양이 진귀한 천금구를 입고 오화마를 타고[168] 병사를 일으켜 뇌주[169]에 이르니, 이때는 3월 15일이었다. 천군은 모영毛穎을 보내 이렇게 위로하게 했다.

고주[170]를 버리지 않고 병[171]을 거느리고 왔으니, 이 기쁜 마음을 어찌 헤아릴[172] 수 있겠는가? 경과 같은 큰 그릇[173]이 바야흐로 후설[174]을 맡으니, 우선 경을 옹주·병주·뇌주[175]의 3주 대도독大都督 겸 구수대장군[176]으로 임명하노라. 도성 안은 과인이 맡을 테니, 도성 밖은 장군이 맡아[177] 진퇴의 시기를 짐작하여[178] 병을 기울여[179] 토벌하라.

❧❧❧❧

167. **채준蔡遵이 좋아하던 투호投壺** '채준'은 후한 광무제光武帝 때의 장수로, 투호를 즐긴 것으로 유명하다. '투호'는 옛날 선비들이 화살을 던져 병 속에 많이 넣는 수효로 승부를 가리던 놀이.

168. **천금구千金裘를 입고 오화마五花馬를 타고** '천금구'는 진귀한 갖옷, '오화마'는 청색과 백색의 무늬가 있는 말. 이백의 시 「장진주」將進酒에 "오화마와 천금구를 내놓고 / 아이 불러 좋은 술로 바꿔 오라 하네"(五花馬千金裘, 呼兒將出換美酒)라는 구절이 있다.

169. **뇌주雷州** 큰 술잔을 뜻하는 '뇌'罍를 지명에 빗대어 한 말.

170. **고주孤主** 외로운 군주. '고주'沽酒(시장에서 파는 술)의 의미를 중첩시켰다.

171. **병兵** 병사. 음이 같은 '병'瓶(술병)의 의미를 중첩시켰다.

172. **헤아릴** 원문은 '斗'로, '헤아리다'의 뜻과 술을 세는 단위인 '말'이라는 뜻이 중첩되어 있다.

173. **큰 그릇** '국양이 큰 인물'이라는 뜻과 '큰 술잔'이라는 뜻이 중첩되어 있다.

174. **후설喉舌** '재상'이라는 뜻과 '목구멍·혀'라는 뜻이 중첩되어 있다.

175. **옹주雍州·병주幷州·뇌주雷州** 각각 술동이[瓮]·술병[瓶]·술잔[罍]을 지명에 빗대어 한 말.

176. **구수대장군驅愁大將軍** 근심을 물리치는 대장군.

177. **도성都城 안은~장군이 맡아** 『사기』「풍당 열전」馮唐列傳에 나오는 말.

178. **짐작하여** 원문은 '斟酌'(짐작)으로, '헤아리다'라는 뜻과 '술을 따르다'라는 뜻이 중첩되어 있다.

179. **병을 기울여** '온 병사를 동원하다'라는 뜻과 '술병을 기울이다'라는 뜻이 중첩되어 있다.

지금 중서랑[180] 모영을 보내 내 뜻을 전하는 한편 장군 곁에 두어 장서기[181]로 삼게 하니, 잘 살펴 시행하라.

국양은 즉시 모영을 시켜 천군에게 감사하는 표表를 지어 올렸다.

복초 2년 3월 모일, 옹주·병주·뇌주 3주 대도독 겸 구수대장군 국양은 황공하여 백번 절하고 아룁니다.

저는 곡식을 먹지 않고 정기를 단련하며[182] 병 속의 해와 달을 길이 보전하고,[183] 어지러움을 평정할 성인[184]을 기다리다 마침내 벼슬을 내리시는 은택[185]을 입게 되었으니, 스스로 돌아보매 마음 아프고 분수를 헤아려 보건대 실로 외람된 일입니다.

엎드려 생각하건대 저는 곡성의 후예요 조계[186]의 유파로서,

---

180. **중서랑中書郎** 궁정의 문서와 조칙詔勅을 관장하는 벼슬.
181. **장서기掌書記** 절도사節度使의 막하에서 문서를 관장하는 벼슬.
182. **곡식을 먹지 않고 정기精氣를 단련하며** 신선술神仙術의 하나.
183. **병 속의 해와 달을 길이 보전하고** 길이 신선처럼 지낸다는 뜻. '병 속의 해와 달'은 '호중천'壺中天, 곧 신선 세계를 말한다. 한나라 때 호공壺公이라는 노인이 밤마다 작은 병 속으로 들어가기에 병 안을 들여다보니 그 속에 또 하나의 천지가 있었다는 전설에서 유래하는 말이다. 여기서는 술병을 염두에 두고 한 말이다.
184. **성인聖人** 청주淸酒의 뜻이 중첩되어 있다.
185. **벼슬을 내리시는 은택** '술잔을 주어 입을 적시다'라는 뜻이 중첩되어 있다.
186. **조계曹溪** 광동성廣東省 곡강현曲江縣에 있는 하천 이름. 이 하천의 물맛이 매우 향기롭다고 한다.

왕탄지와 사안[187]을 따라 노닐며 강동의 풍류를 뽐냈고, 혜강과 유령의 풍치를 함께 즐겨 한적한 정을 죽림에 깃들였습니다. 반평생 동안 드나든 곳은 오직 유리종과 앵무잔[188]뿐이요, 100년 동안의 사귐은 오직 습가지[189]와 고양의 술꾼[190]뿐이었습니다. 제 행동이 예법에 맞지 않아 오랫동안 강호에 떠다니는 신세였거늘, 전하께서 저를 버리시지 않고 정벌의 임무를 맡기실 줄 어찌 알았겠습니까? 저 같은 광생[191]이 어찌 큰 벼슬을 감당할 수 있겠습니까?

현인[192]을 등용하면 대적할 자가 없고, 근심을 공격하는 데에는 방책이 있습니다. 전하께서는 제가 가진 한 가지 작은 재주를 들어 의심치 않고 등용하시며, 뭇사람의 입에 오르내리는 것[193]을 저 홀로 결단하라 하시고, 마침내 얕은 재주를 바다 같은 도량[194]으로 포용해 주시니, 감히 맑은 절개를

꽃꽃꽃꽃

**187. 왕탄지王坦之와 사안謝安** 동진의 명문가 사람들로, 술과 풍류, 청담淸談을 즐겼다.
**188. 유리종琉璃鍾과 앵무잔鸚鵡盞** 모두 술잔의 이름. '유리종'은 당나라 이하李賀의 시 「장진주」將進酒에 나온다. '앵무잔'은 그 모양이 앵무새와 비슷하기에 붙인 이름.
**189. 습가지習家池** '습가지'는 동진의 산간山簡이 사는 곳 근처에 있던, 호족 습씨習氏의 연못을 말한다. 산간은 늘 그 연못가에 가서 술을 마시며, 그 연못을 '고양지'高陽池라 이름 붙였다.
**190. 고양의 술꾼** 역이기酈食其. 주105 참조.
**191. 광생狂生** 미치광이. 역이기가 고향인 고양高陽에 있을 때 사람들이 그를 '광생'이라 부른 고사가 있다.
**192. 현인賢人** '탁주'濁酒의 뜻이 중첩되어 있다.
**193. 뭇사람의 입에 오르내리는 것** '뭇사람의 비난을 받는다'는 뜻과 '뭇사람이 술을 입에 댄다'는 뜻이 중첩되어 있다.
**194. 바다 같은 도량** '임금의 하해河海와 같은 헤아림'이라는 뜻과 '하해 같은 주량酒量'이라는 뜻이 중첩되어 있다.

한층 더하고 향기[195]를 더욱 발하지 않을 수 있겠습니까? 비록 술잔으로 병권을 내려놓게 한 조보의 계책[196]에는 미치지 못하지만, 가슴속에 1만 병사를 간직한 범중엄의 위엄[197]을 따르고자 합니다.

천군이 표를 읽고는 몹시 기뻐하며 즉시 서주역사[198]를 영적장군[199]으로 임명하여 도독의 휘하에 두었다.

이때 해는 저물어 연기가 피어오르고 산들바람에 제비가 지저귀는데, 양쪽 진영에서는 화살에 매단 격문을 서로 쏘아 보내고 북소리와 피리 소리는 사기를 북돋고 있었다. 장군은 조구[200]에 올라 주허후 유장[201]에게 분부를 내렸다.

꿇꿇꿇

195. 향기 '술 향기'라는 뜻이 내포되어 있다.
196. 술잔으로 병권兵權을~조보趙普의 계책 '조보'는 송나라 태조太祖의 신하로, 태조가 중국을 평정한 뒤 옛 부하였던 장수들의 병권兵權이 너무 큰 것을 걱정하자, 태조에게 주연酒宴을 베풀게 하고 계책을 써서 뭇 장수들이 병권을 놓게 만들었다.
197. 가슴속에~범중엄范仲淹의 위엄 '범중엄'은 송나라 인종仁宗의 신하로, 원호元昊가 반란을 일으키자 섬서성 일대를 수비했다. 이때 반란군들은 "범중엄의 가슴속에는 수만 명의 병사가 들어 있다"라며 범중엄이 지키는 땅을 감히 침범하지 못했다.
198. 서주역사西州力士 이백의 「양양가」襄陽歌에 나오는 '서주舒州의 구기와 역사당力士鐺'을 의인화한 것. 주153 참조.
199. 영적장군迎敵將軍 적을 맞아 싸우는 장군.
200. 조구糟丘 술지게미를 언덕에 빗대어 한 말.
201. 유장劉章 한나라 고조의 손자로, 주허후朱虛侯에 봉해졌다. 고조 사후에 여후呂后가 권력을 장악한 뒤 벌어진 술자리에서 여후가 유장에게 술자리를 주관하게 하자, 유장은 군법軍法으로 술자리를 다스리겠다고 한 뒤 술을 피해 달아나는 여후의 친족을 칼로 베어 죽였다. 이 사건을 계기로 여씨 일가가 위축되기 시작했다.

"군령이 지엄하니 네가 군령을 담당하여 기둥을 찌르는 교만한 장수[202]와 술을 피해 달아나는 노병[203]이 없게 하라."

그러자 군중이 엄숙해져 감히 떠드는 자가 없었고, 나아가고 물러서는 데 질서가 있었으며, 공격하여 전투를 벌이는 데 법도가 있었다. 진법은 육화진법[204]을 본받았으니, 이것은 해바라기 모양을 본떠 만든 것이다. 옛날 이정[205]이 고구려를 공격할 때 산이 험준해서 제갈공명의 팔진법을 쓸 수 없었으므로 육화진법을 대신 썼던 것인데, 지금 이 진법을 쓴 것이다.

장군은 옥주[206]를 타고 주지[207]를 건너면서 칼로 삿대를 치며 맹세했다.

"반드시 '근심의 성'을 소탕하고 돌아올 것을 이 물에 걸고 맹세하노라!"[208]

---

※※※

202. **기둥을 찌르는 교만한 장수**  한나라 고조 유방이 천하를 통일하고 천자가 된 뒤 궁궐에서 연회를 베풀면 뭇 신하들이 술에 취해 큰 소리를 지르며 칼을 뽑아 들고 궁전 기둥을 치기도 했다는 말이 『사기』「유경·숙손통 열전」劉敬叔孫通列傳에 보인다.

203. **술을 피해 달아나는 노병老兵**  동진의 환온桓溫이 자꾸 술을 권하는 사혁謝奕 때문에 아내의 방으로 피하자, 사혁이 환온의 집을 경비하던 병사 하나를 데려다가 술을 먹이면서 "노병 하나를 잃고 또 다른 노병 하나를 얻었다"라고 말했다는 고사가 있다.

204. **육화진법六花陣法**  당나라 이정李靖이 제갈공명의 팔진법八陣法을 본떠 만든 진법陣法.

205. **이정李靖**  당나라 초의 신하로 병법에 능했고, 태종太宗 때 형부상서刑部尙書를 지냈다. 당나라 주변 국가를 공격하여 영토를 넓히는 데 기여했다.

206. **옥주玉舟**  옥으로 만든 배. '술잔'이라는 뜻이 중첩되어 있다.

207. **주지酒池**  술을 채워 만든 연못.

208. **반드시 '근심의 성'을~걸고 맹세하노라**  동진의 조적祖逖이 강을 건너며 맹세한 말을 본떠서 한 말. 주70 참조.

이윽고 해구海口에 배를 정박한 뒤 즉시 장서기 모영을 불러 당장 격문을 짓게 했다. 격문은 다음과 같다.

모월 모일, 옹주·병주·뇌주 대도독 겸 구수대장군은 '근심의 성'에 격문을 보내노라.

잠시 머물렀다 가는 하늘과 땅 사이, 나그네처럼 흘러가는 시간 속에서 장수하든 요절하든 매한가지 꿈이거늘, 살아서 시름겹고 한스러운 것이 해골의 즐거움[209]만 못하니 어찌 슬프지 않으랴?

너희 '근심의 성'이 우환이 된 지 오래다. 임금에게 쫓겨난 신하, 근심에 잠긴 아낙, 절개 있는 선비와 시인들이 '근심의 성'을 찾아와 거울 속의 얼굴이 쉽게 시들고 머리카락이 서리처럼 하얗게 세니, 그 세력을 더 키워 제압하기 어려운 지경에 이르게 해서는 안 될 줄 안다.

지금 나는 천군의 명을 받아 신풍의 병사[210]를 통솔하여, 서주역사를 선봉으로 삼고, 합리와 해오[211]를 비장裨將으로 삼

❀❀❀

**209. 해골의 즐거움** 장자莊子가 길에 버려진 해골을 보고 안타까워했는데, 꿈에 그 해골이 나타나서 '죽음이 왕 노릇 하는 것보다 즐겁다'고 말했다는 이야기가 『장자』 「지락」至樂에 나온다.

**210. 신풍新豊의 병사** 술을 가리킨다. '신풍'은 술로 유명한 중국 서안西安의 지명으로, 왕유王維의 시 「소년행」少年行에 "신풍의 좋은 술 1만 말"(新豊美酒斗十千)이라는 구절이 있다.

**211. 합리蛤利와 해오蟹螯** '합리'는 곧 합리蛤蜊로, 조개를 말한다. '해오'는 게를 말한다. 여기서는 모두 안주를 뜻한다.

앉으니, 제갈공명이 진을 벌여 풍운진[212]을 펴고 초패왕 항우가 고금 제일의 용맹을 떨친다 한들 우리 앞에서는 아이들 장난에 불과하거늘, 어찌 우리를 당해 내겠느냐? 하물며 초나라에서 홀로 취醉하지 않은 굴원[213]쯤이야 개의할 게 무엇 있겠느냐? 격문을 받는 날로 어서 백기를 들라!

출납관으로 하여금 소리 높여 격문을 읽어 '근심의 성' 안에 두루 들리게 했다. 그러자 성안 가득한 사람들이 모두 항복할 마음이 생겼지만, 오직 굴원만이 굴복하지 않고 머리를 풀어헤치고 달아나 어디로 갔는지 알 수 없었다. 장군이 해구[214]로부터 병 안의 물을 쏟아붓듯이[215] 기세등등하게 파죽지세로 내려오니, 공격하지 않아도 성문이 저절로 열렸고 싸우지 않고도 온 성이 항복했다. 장군은 무용을 뽐내고 위세를 드날리며 군사를 흩어 외곽을 포위하기도 하고 군사를 모아 내부에 진을 치기도 하니, 바다에 밀물이 몰려오고 강가의 성곽에 비가 퍼부어 범람하는 듯했다.

천군이 영대靈臺에 올라 바라보니 구름이 사라지고 안개가 걷히

꽃꽃꽃꽃

212. 풍운진風雲陣  제갈공명의 팔진법에 속하는 군진軍陣의 이름.
213. 초나라에서 홀로 취醉하지 않은 굴원  굴원이 「어부사」에서 "세상 사람들이 모두 취했지만 나 홀로 깨어 있다"고 했으므로 한 말.
214. 해구海口  입을 말한다.
215. 병 안의 물을 쏟아붓듯이  거침없는 기세를 말하는데, '술병 안의 술을 쏟아붓는다'는 뜻이 중첩되어 있다.

며, 온화한 바람이 불고 봄날의 따뜻한 햇빛이 비쳤다. 지난날 슬퍼하던 자는 기뻐하고, 괴로워하던 자는 즐거워하고, 원망하던 자는 원망을 잊고, 한을 품었던 자는 한이 녹아 버리고, 분을 품었던 자는 분이 사라지고, 노여워하던 자는 기뻐하고, 근심하던 자는 환희하고, 답답해하던 자는 마음이 탁 트이고, 신음하던 자는 노래 부르고, 팔뚝을 내지르며 분개하던 자는 발을 구르며 춤을 추었다. 유령[216]은 장군의 덕을 찬미하고, 완적阮籍은 가슴속을 적시고,[217] 도연명은 갈건으로 술을 걸러 마시며 줄 없는 거문고를 타고는[218] 뜰 앞의 나무를 보며 흐뭇해하고,[219] 이백은 흰 두건과 비단 도포 차림으로[220] 술잔을 돌리며 달빛 아래 취했다.[221] 옥산이 무너지려 할 때[222] 촛불을 밝히니,[223] 눈앞에는 꽃잎이 날리고 휘장 안에는 달빛이 들어왔다.

꿍꿍꿍꿍

216. **유령劉伶** 죽림칠현의 한 사람으로, 자는 백륜伯倫이다. 「주덕송」酒德頌을 지어 술을 찬미한 바 있다.

217. **가슴속을 적시고** '술을 마신다'는 뜻.

218. **도연명은 갈건葛巾으로~거문고를 타고는** '갈건'은 은자들이 머리에 쓰는, 갈포로 만든 두건. 도연명은 술이 익자 쓰고 있던 갈건으로 술을 걸러 마시고, 소금素琴, 곧 줄이 없는 거문고로 흥취를 냈다고 한다.

219. **뜰 앞의 나무를 보며 흐뭇해하고** 도연명의 「귀거래사」歸去來辭 중 "술병 잡아 나 홀로 따라 마시고 / 뜰 앞의 나무를 보며 흐뭇해하네"(引壺觴以自酌, 眄庭柯以怡顔)라는 구절에서 따온 말.

220. **이백은 흰 두건과 비단 도포 차림으로** 이백의 「양양가」襄陽歌 중 "해는 현산 서쪽으로 지려 하는데 / 흰 두건 거꾸로 쓰고 꽃 아래 배회하네"(落日欲沒峴山西, 倒著接䍦花下迷)라는 구절이 있다.

221. **술잔을 돌리며 달빛 아래 취했다** 이백의 「춘야연도리원 서문」春夜宴桃李園序 중 "아름다운 잔치 열고 꽃 위에 앉아 술잔을 돌리며 달빛 아래 취했다"(開瓊筵以坐花, 飛羽觴而醉月)라는 구절에서 따온 말.

장군이 미인으로 하여금 파진악²²⁴을 연주하게 하며 군대를 돌이키니, 천군이 매우 기뻐하며 즉시 관성자를 불러 전교하게 했다.

"나는 경卿에게 은혜를 준 바 없으나, 경은 마음을 다해 내 뱃속에 들어왔다.²²⁵ 경이 나에게 은덕을 주었으니, 경이 세운 공에 내가 무엇으로 보답할까? 일배일배부일배²²⁶하며 부끄러움으로 얼굴을 붉게 물들일 뿐이다.²²⁷

이제 '근심의 성'이 있던 자리에 성을 쌓아 경의 봉지封地로 삼노라. 3주 도독의 직책을 그대로 맡기는 한편, 환懽 땅을 봉지로 삼고 제3등의 관작을 내려 환백²²⁸으로 삼으며, 울창주 한 통²²⁹을 내리고 전후로 「고취곡」²³⁰을 연주하게 하니, 그리 알라."

※※※

222. **옥산玉山이 무너지려 할 때**  '술에 취해 쓰러지려 할 때'라는 뜻으로, 이백의 「양양가」에서 따온 말. '옥산'은 용모가 수려한 사람을 말한다.
223. **촛불을 밝히니**  이백의 「춘야연도리원 서문」 중 "옛사람이 촛불을 밝히고 밤에 노닌 것은 참으로 그럴 만한 이유가 있다"라는 구절에서 따온 말.
224. **파진악罷陣樂**  진을 거두는 음악, 곧 승전곡勝戰曲.
225. **내 뱃속에 들어왔다**  '내 마음을 훤히 안다'는 뜻으로, 『후한서』「광무제 본기」光武帝本紀에 나오는 말. 여기서는 '술이 배 속에 있다'는 뜻이 중첩되어 있다.
226. **일배일배부일배一拜一拜復一拜**  이백의 시 「산중대작」山中對酌 중 "한 잔 한 잔 또 한 잔"(一盃一盃又一盃)이라는 구절에서 따온 말. 여기서는 표면적으로 '벼슬을 내리고 내리고 또 내린다'는 뜻이지만, 벼슬에 임명한다는 '배'拜에 술잔을 뜻하는 '배'盃의 뜻이 중첩되어 있다.
227. **부끄러움으로 얼굴을 붉게 물들일 뿐이다**  '술을 마셔 얼굴이 붉어진다'는 뜻이 중첩되어 있다.
228. **환백懽伯**  환 땅의 제후. '환'은 기쁨을 지명에 빗댄 말이고, '백'은 고대 봉건 제도의 5등 작위 중 제3등에 해당하는 작위. 술의 별칭이기도 하다.
229. **울창주 한 통**  '울창주'는 울금향을 넣어 빚은 술로, 황제의 제사에 쓰이거나 제후에게 상으로 내린다. 『춘추좌전』春秋左傳의 희공僖公 28년 기사 중 희공이 진晉나라 문공文公에게 울창주 한 통을 하사한 일이 나온다.
230. **「고취곡」鼓吹曲**  군악軍樂의 일종.

이 책에 실린 다섯 편의 작품은 조선의 대표적인 문인들이 남긴 '꿈의 기록'이다. 「달천몽유록」達川夢遊錄·「강도몽유록」江都夢遊錄·「원생몽유록」元生夢遊錄의 세 작품은 제목에 명시되어 있듯 '몽유록'夢遊錄 양식에 해당한다. '몽유록'이란 글자 그대로 '꿈에 노닌 기록'을 말하는데, 현재의 인물이 꿈속에서 과거 역사상의 유명 인물 내지 실존 인물을 만나 그들과 대화를 나누거나 그들의 모임을 견문하고 그 내용을 기록으로 남기는 형식을 취한다. 주로 역사적 격변기에 등장하여 강렬한 메시지를 직설적으로 표현했던 소설 양식이다. 「남염부주지」南炎浮洲志는 꿈속에서 염라대왕을 만나 토론하는 내용이니 큰 틀에서 몽유록과 비슷한 범주에 놓이되 작품의 초점이 철학적인 문제에 놓여 있다는 점이 특징적이다. 「수성지」愁城誌는 마음을 의인화하여 가상의 세계를 그려 낸 점에서는 몽유록과 다르지만 역사상의 유명 인물을 등장시켜 이들을 조문하며 현실의 울분과 슬픔을 토로한 점에서는 몽유록의 정신과 상통하는 바가 크다. 결국 다섯 작품 모두 조선시대 문인들이 현실 세계의 문제를 비판하고 해결하기 위해 낯선 세계의 기이한 체험을 가구假構한 글인 셈이다. 설정은 지극히 비현실적이지만 오히려 그 속에서 지극히 현실적인 문제를 제기하고 있는 특이한 형식이다.


       ■■■ 「달천몽유록」은 임진왜란 직후 윤계선尹繼善(1577~1604)이 지은 작품이다. 윤계선은 선조宣祖 때의 문신으로, 호는 파담坡潭이다. 1597년 문과에 급제하여 사헌부 지평, 사간원 헌납, 홍문관 수찬, 옹진현감 등을 역임하였다. 시와 변려문騈麗文에 뛰어나 허균許筠(1569~1618)이 매우 아끼던 후배였으나, 병으로 요절하고 말았다.

작품 서두에 "만력萬曆 경자년 중춘仲春"이라는 말이 보이는데, '만력 경자년'은 1600년(선조 33)에 해당한다. 따라서 이 작품의 창작 시기는 1600년, 혹은 그 직후일 것으로 추정된다.

작자는 역사서에 관심이 많았던 것으로 보인다. 중국의 역사서는 물론이고, 임진왜란과 관련된 우리나라의 각종 역사 문헌을 두루 섭렵한 흔적이 엿보인다. 이 작품은 역사적 사실, 특히 전쟁과 관련된 수많은 역사적 사실을 전고典故로 이용하고 있으며, 심지어 『삼국사기』三國史記 열전에 나오는 비녕조조寧의 고사까지 전고로 구사하고 있다. 이런 점 때문에 자세한 주석 없이는 이 작품을 온전히 이해하기 어렵다.

「달천몽유록」은 '꿈'을 통해 당대의 현실에 대해 발언하는 것을 특징으로 삼는, 「원생몽유록」 이래의 우리나라 몽유록 전통을 훌륭하게 계승하고 있다. 능숙한 전고 구사 등 문예적 성취도가 높을 뿐 아니라 현실 공간과 몽유 공간 사이의 긴장감 속에 임진왜란의 공과에 대한 밀도 있는 분석이 이루어졌기 때문이다.

작품 서두의 현실 공간과 몽유 공간에 대한 음산한 묘사, 전사한 유령들의 참혹한 모습에 대한 묘사부터가 임진왜란의 참상을 집약적으로 드러내고 있다. 이 작품은 임진왜란 때 왜군에 맞서 싸운 조선 장수들을 등장시켜 그들 하나하나의 목소리로 조선 장수들의 공과를 논하게 했다. 가장 높이 평가된 인물은 물론 충무공 이순신李舜臣(1545~1598)이고, 가장 큰 과오를 범한 인물은 신립申砬(1546~1592)이다. 임진왜란 때 참전한 주요 인물을 두루 등장시키되 북인北人에 속한 곽재우郭再祐(1552~1617)와 정인홍鄭仁弘(1535~1623)이 거론되지 않은 점에서 서인西人에 속한 작자의 당파적 한계를 지적할 수 있지만, 그럼에도 임진왜란 당시 주요 인물마다 특징적인 형상을 부여하여 그들의 공을 기리고 원한을 위로하며 전쟁의 공과를 비교적 객관적으로 서술한 점은 높이 평가할 만하다. 다만 임진왜란 초기 실패의 원인을 장수 개인의 전술 착오에서 찾을 뿐 국가 제도의 차원에서 근본적인 문제점을 찾지 못한 점에서 작자의 시각에 일정한 한계가 있다는 지적도 가능하다. 이러한 반론은 황중윤黃中允이 쓴 동명의 소설인 「달천몽유록」達川夢遊錄에서 제기된 바 있다.

　　 •••• 「강도몽유록」은 병자호란의 희생자인 익명의 여성들을 등장시켜 전쟁의 참상과 전쟁 수행 과정에서 나타난 위정자들의 무능한 행태를 고발한 작품이다. 14인의 여성을 등장시켰는데, 그중 13인이 반가班家 여성이고 나머지 1인은 기생이다. '익명'이라고 했

지만 여성들의 발언을 통해 이들이 진주 유씨晉州柳氏(김류金瑬의 아내이자 김경징金慶徵의 모친), 고령 박씨高靈朴氏(김경징의 아내), 진주 정씨晉州鄭氏(김진표金震標의 아내) 등 병자호란 당시 전쟁 지휘의 최고 책임을 맡았던 인물들의 아내 혹은 며느리임을 파악할 수 있다.

이 작품은 여성들의 입을 통해 병자호란 당시 조정 신하들의 무능하고 비겁하며 무책임한 행태, 전쟁 전후의 위선적인 태도를 신랄하게 비판하고 있다. 전쟁에 대한 평가가 담긴 17세기의 모든 문헌을 대상으로 한다 해도 이 작품의 수준에 필적하는 기록을 찾기 어렵다 할 만큼 비판의 수위가 대단히 높다. 작품의 작자가 알려지지 않은 것은 이러한 사정과 연관되지 않을까 한다.

이 작품에서는 대부분의 지배층 사대부들이 비판되고 있지만 그렇지 않은 인물도 있다. 열두 번째 부인(윤선거尹宣擧의 아내인 공주 이씨)의 시아버지인 윤황尹煌(1571~1639)이 그에 해당한다. 이씨는 충절 높은 시아버지 윤황의 감화로 자신이 절사節死할 수 있었다고 했다.

한편 이 작품은 조정 신하들의 책임을 추궁하는 한편 사대부가 여성들에게는 절의를 요구했다. 절의를 지키지 못한 남성뿐 아니라 정절을 위한 죽음을 택하지 않은 여성도 야유의 대상이 된다. 이 점은 전후戰後 복구 과정에서 충·효·열을 사회 재편의 이념으로 거듭 내세우며 '정절 이데올로기'를 강조한 흐름에 비추어 볼 때 그 긍정적 의미와 부정적 의미를 함께 논해야 할 중요한 문제로 생각된다.

「강도몽유록」은 전란기 조선의 지배층이 벌인 무능한 행태를 비판하면서 조선 사회의 문제점을 진단했다는 점에서 긍정적인 평가를 받을 만하다. 반면 조선 사회가 겪은 혼란과 당면한 위기를 사회제도적 차원의 문제로 명확히 인식하지 못하고 무능하고 부패한 개인의 탓으로 원인을 돌리거나 실패를 초래한 지배층의 지배 담론 안에서 비판 기준을 마련했다는 점에서는 한계가 엿보인다.

　　　■■■　「원생몽유록」은 임제林悌(1549~1587)가 지은 작품이다. 임제는 선조宣祖 때의 문신으로, 호는 백호白湖이다. 무인武人 집안에서 태어나 북평사北評事·예조정랑禮曹正郞 등을 역임했는데, 당시 가장 기개 높고 강개한 선비의 한 사람으로 명성이 높았다. 그의 시문은 호방하고 거리낌이 없어 읽는 사람의 가슴을 시원하게 한다. 문집『임백호집』林白湖集이 전한다.「원생몽유록」은『장릉지』莊陵誌·『남추강집』南秋江集·『관란유고』觀瀾遺稿·『임백호집』등 여러 책에 실려 전한다.

이 작품은 작자 임제를 가탁한 원자허元子虛라는 가상 인물이 꿈속에서 남효온南孝溫의 인도로 단종端宗과 사육신死六臣을 만나 그들의 원통한 사연을 듣는 형식을 취했다. 단종 및 사육신 가운데 박팽년朴彭年·성삼문成三問·하위지河緯地·이개李塏·유성원柳誠源, 그리고 생육신生六臣의 한 사람인 남효온이 저마다 울분과 원한이 담긴 시 한 편씩을 지은 데 이어 끝으로 원자허가 이들을 조문하는 시를 지으며 눈물바다를 이룬다. 작품이 마무리되는가 싶은 이때 사육신의 마지막 한 사람인 유응부兪應孚가 나타나며 분위기는 일변한다. 유응부는 문신들의 유약함과 우유부단함 때문에 사육신의 세조世祖 살해 모의가 실패한 점을 꾸짖는다. 원자허의 꿈은 여기서 끝난다. 세조의 왕위 찬탈에 대한 작자의 저

항감이 전편에 흐르는 가운데 사육신의 거사 실패에 대한 작자의 평가가 마무리 대목에 담겨 있다.

「원생몽유록」은 단종과 사육신에 대한 복권이 아직 이루어지지 않은 상황에서 창작되었으니, 당시로서는 대단히 불온한 작품이었다. 세조의 왕위 찬탈에 저항하고 사육신의 충절을 기리는 점에서 이 작품은 김시습의 「남염부주지」, 남효온의 「육신전」六臣傳과 서로 연결된다. 특히 「육신전」을 의식하면서 창작된 흔적이 엿보이는바, 두 작품을 서로 비교해 가며 읽을 필요가 있다.


••• 「남염부주지」는 김시습의 『금오신화』金鰲新話에 실려 있는 작품으로, 김시습의 사상을 반영한 일종의 철학소설이다.(『금오신화』 다섯 작품 가운데 남녀의 애정을 그린 「이생규장전」과 「만복사저포기」는 『끝나지 않은 사랑 - 천년의 우리소설 6』에 따로 실었다.) 이 작품에는 세조 치하의 현실을 우의적으로 비판하는 대목이 있다. 김시습은 애민적愛民的 정치사상을 가지고 어진 정치를 강조했던 당대의 대표적인 지식인이었는데, 그의 이런 면모가 이 작품에 잘 나타나 있다. 김시습의 애민적 입장이 표출된 「애민의」愛民義, 「영산가고」詠山家苦 같은 작품과 함께 읽으면 작품의 의미가 더욱 잘 드러난다.

주인공 박생朴生이 꿈속에서 가게 된 곳은 염라대왕이 산다는 남염부주南炎浮洲이다. 남염부주라는 가상공간에 대한 상상이 흥미롭다. 그곳 땅에는 풀도 나무도 없고, 모래나 자갈도 없으며, 바닥에는 화염에 녹아내린 구리와 쇠가 있을 뿐이다. 낮에는 화염이 하늘까지 뻗쳐서 대지가 모두 녹아내릴 듯하고, 밤에는 서늘한 바람이 불어 뼈와 살이 아려 온다. 사람들은 모두 쇠로 지은 집에 살며 뜨겁거나 춥지 않은 아침 저녁에만 활동을 한다.

낯선 세계의 풍경을 묘사하여 독자의 호기심을 자극한 뒤 박생과 염라대왕의 긴 문답이 이어지는데, 이기론理氣論의 문제, 귀신과 당대의 미신 숭배에 대한 작자의 생각이 지루하지 않게 전달된다. 그 과정에서 작자 자신의 처지에 대한 불만과 당시의 폭압적인 정치에 대한 비판적 입장이 자연스럽게 표출된다. 염라대왕의 다음 발언은 세조를 겨냥한 것이다.

> 나라를 가진 자는 폭력으로 인민을 위협해서는 안 되오. 인민이 비록 두려워하여 명령에 따르는 듯 보이지만 속으로는 반역할 마음을 품어 시간이 흐르면 결국 큰 재앙이 일어나게 될 것이오. 덕 있는 자는 힘으로 군주의 자리에 나아가지 않소. 하늘이 비록 자상한 말로 사람을 깨우치지는 않지만 시종일관 일을 통해 보여 주거늘, 이를 보면 하늘의 명命이 엄하다는 걸 알 수 있소.
>
> 무릇 나라는 인민의 것이요, 명은 하늘이 내리는 것이오. 천명天命이 이미 임금에게서 떠나고 민심이 이미 임금에게서 떠나간다면, 비록 몸을 보전하고자 한들 어찌 보존할 수 있겠소?

세조의 왕위 찬탈과 전제정치에 반대하는 「남염부주지」의 현실 인식과 문제의식은 동시대에 창작된 남효온의 「육신전」과 연결되며, 후대의 「원생몽유록」· 「수성지」로 계승된다. 한편 「남염부주지」에서 마련된 철학소설의 전통은 18세기의 대표적 지식인인 담헌湛軒 홍대용洪大容의 「의산문답」醫山問答과 연암燕巖 박지원朴趾源의 「호질」虎叱로 이어진다.

■■■ 「수성지」 역시 임제의 작품으로, 『임백호집』 등 여러 책에 실려 전한다.

이 작품은 가전假傳의 전통을 계승한 작품이다. '가전'이란 사물을 의인화해서 그 생애를 서술하는 전傳으로, 고려 후기에 창작된 임춘林椿(1163~1241)의 「국순전」麴醇傳과 「공방전」孔方傳, 이규보李奎報(1168~1241)의 「국선생전」麴先生傳, 이곡李穀의 「죽부인전」竹夫人傳 등이 유명하다.

「수성지」의 군주 '천군'天君은 마음의 의인화다. 천군이 다스리는 나라에 중국 전국시대戰國時代 초楚나라의 충신 굴원屈原과 송옥宋玉이 찾아와 '수성'愁城, 즉 '근심의 성'을 쌓기 시작하면서 중국의 역사적인 인물들이 대거 등장한다. 비간比干·오자서伍子胥·형가荊軻·악비岳飛 등 울분을 품고 죽은 충신들은 물론 이별의 슬픔을 안고 죽은 여인들에 이르기까지 원한과 시름을 안고 죽은 인물들이 '근심의 성' 안에 총집결한다. 충신들의 대열에 성삼문 등 사육신이 들어가 있는 점에서 역시 「원생몽유록」과 상통하는 작자의 생각을 엿볼 수 있다. 천군은 '근심의 성'을 쌓는 것을 허락했으나 그 결과 근심으로부터 헤어나지 못하는 상황이 되자 '근심의 성'을 나라의 우환으로 지목하고 평정의 임무를 국양麴釀 장군에게 맡긴다. '국양'은 술의 의인화다.

택당澤堂 이식李植(1584~1647)은 「백호 임제」라는 시의 주석에서 임제에 대해 다음과 같이 평하며 「수성지」를 언급한 바 있다.

> 공公은 병법을 좋아해서 보검을 차고 준마를 타고 날마다 수백 리
> 를 달렸다. 북평사北評事에서 서평사西評事로 벼슬이 바뀌자 일부러
> 어사의 행차를 가로막는 죄를 짓고 탄핵을 받은 뒤 「수성지」를 지
> 어 자기 마음을 드러냈다. 평생 동안 신기하고 위대한 사적이 매우
> 많았다.

한편 허균은 『학산초담』鶴山樵談이라는 책에서 「수성지」를 이렇게 평
했다.

> 문자가 생겨난 이래로 가장 특별한 글이니, 천지간에 이 글이 없어
> 서는 안 된다.(所謂「愁城志」者, 結繩以來別一文字, 天地間自缺此文字不得)

당대의 일급 비평가였던 허균은 「수성지」의 독특한 발상과 수많은 전
고典故를 능란하게 활용하고 재치 있게 패러디한 고도의 기교를 높이
평가하여 이 작품을 극찬한 것으로 보인다.
「수성지」는 작품 속의 수많은 전고 때문에 자세한 주석이 없으면 읽을
수 없다. 전고를 일일이 확인하고 그것이 문맥 속에서 어떤 의미를 갖
는지 꼼꼼하게 살펴야 한다. 이 점이 이 작품의 독서를 어렵게 만들지
만, 이 작품의 묘미는 기실 여기에 있다. 이 '전고典故의 숲'을 천천히
감상하고 음미하며 통과하지 않고서는 작품의 의미를 제대로 이해한

것이라 할 수 없다. 즉 줄거리만 대충 아는 것으로는 작품의 거죽만 본 것에 불과하다 할 것이다.